萧 红◎著

李异鸣◎主编

现代文学··蓝皮轻经典

生死场

应急管理出版社

·北 京·

图书在版编目（CIP）数据

生死场/萧红著；李异鸣主编 . — — 北京：应急管理
出版社，2021

（现代文学：蓝皮轻经典）

ISBN 978 - 7 - 5020 - 8674 - 9

Ⅰ . ①生… Ⅱ . ①萧… ②李… Ⅲ . ①中篇小说—小
说集—中国—现代 Ⅳ . ①I246. 5

中国版本图书馆 CIP 数据核字（2021）第 018717 号

生死场（现代文学 蓝皮轻经典）

著 者	萧 红
主 编	李异鸣
责任编辑	陈棣芳
封面设计	沈加坤

出版发行 应急管理出版社（北京市朝阳区芍药居 35 号 100029）

电 话 010 - 84657898（总编室） 010 - 84657880（读者服务部）

网 址 www. cciph. com. cn

印 刷 天津文林印务有限公司

经 销 全国新华书店

开 本 880mm×1230mm$^1/_{32}$ **印张** 42 **字数** 834 千字

版 次 2021 年 5 月第 1 版 2021 年 5 月第 1 次印刷

社内编号 20193223 **定价** 240. 00 元（共十册）

序

/ 鲁迅

记得已是四年前的事了，时维二月，我和妇孺正陷在上海闸北的火线中，眼见中国人的因为逃走或死亡而绝迹。后来仗着几个朋友的帮助，这才得进平和的英租界，难民虽然满路，居人却很安闲。和闸北相距不过四五里罢，就是一个这么不同的世界，——我们又怎么会想到哈尔滨。

这本稿子到了我的桌上，已是今年的春天，我早重回闸北，周围又复熙熙攘攘的时候了。但却看见了五年以前，以及更早的哈尔滨。这自然还不过是略图，叙事和写景，胜于人物的描写，然而北方人民的对于生的坚强，对于死的挣扎，却往往已经力透纸背；女性作者的细致的观察和越轨的笔致，又增加了不少明丽和新鲜。精神是健全的，就是深恶文艺和功利有关的人，如果看起来，他不幸得很，他也难免不能毫无所得。

听说文学社曾经愿意给她付印，稿子呈到中央宣传部书报检查委员会那里去，搁了半年，结果是不许可。人常常会事后才聪明，回想起来，这正是当然的事：对于生的坚强和死的挣扎，恐怕也确是大背"训政"之道的。今年五月，只为了《略谈皇帝》这一篇文章，这一个气焰万丈的委员会就忽然烟消火灭，便是"以身作则"的实地大教训。

奴隶社以汗血换来的几文钱，想为这本书出版，却又在我们的上司"以身作则"的半年之后了，还要我写几句序。然而这几天，却又谣言蜂起，闸北的熙熙攘攘的居民，又在抱头鼠窜了，路上是络绎不绝的行李车和人，路旁是黄白两色的外人，含笑在赏鉴这礼让之邦的盛况。自以为居于安全地带的报馆的报纸，则称这些逃命者为"庸人"或"愚民"。我却以为他们也许是聪明的，至少，是已经凭着经验，知道了煌煌的官样文章之不可信。他们还有些记性。

现在是一九三五年十一月十四日的夜里，我在灯下再看完了《生死场》，周围像死一般寂静，听惯的邻人的谈话声没有了，食物的叫卖声也没有了，不过偶有远远的几声犬吠。想起来，英法租界当不是这情形，哈尔滨也不是这情形；我和那里的居人，彼此都怀着不同的心情，住在不同的世界。然而我的心现在却好像古井中水，不生微波，麻木的写了以上那些字。这正是奴隶的心！——但是，如果还是扰乱了读者的心呢？那么，我们还决不是奴才。

不过与其听我还在安坐中的牢骚话，不如快看下面的《生死场》，她才会给你们以坚强和挣扎的力气。

目 录

一、麦场

一只山羊在大道边啮嚼榆树的根端。

城外一条长长的大道，被榆树荫蒙蔽着。走在大道中，像是走进一个动荡遮天的大伞。

山羊嘴嚼榆树皮，黏沫从山羊的胡子流延着。被刮起的这些黏沫，仿佛是胰子的泡沫，又像粗重浮游着的丝条；黏沫挂满羊腿。榆树显然是生了疮疖，榆树带着偌大的疤痕。山羊却睡在荫中，白囊一样的肚皮起起落落……

菜田里一个小孩慢慢地踱走。在草帽的盖伏下，像是一棵大形菌类。捕蝴蝶吗？捉蚱虫吗？小孩在正午的太阳下。

很短时间以内，跌步的农夫也出现在菜田里。一片白菜的颜色有些相近山羊的颜色。

毗连着菜田的南端生着青穗的高粱的林。小孩钻入高粱之群里，许多穗子被撞着，从头顶坠下来。有时也打在脸上。叶子们交结着响，有时刺痛着皮肤。那里是绿色的甜味的世界，显然凉爽一些。时间不久，小孩子争着又走出最末的那棵植物。立刻太阳烧着他的头发，机灵的他把帽子扣起来，高空的蓝天遮覆住菜田上闪耀的阳光，没有一块行云。一株柳条的短枝，小孩夹在腋下，走路的他两腿膝盖远远的分开，两只脚尖向里勾着，勾得腿在抱着个盆样。跛脚的农夫早已看清是自己的孩子了，他远远地完全用喉音在问着：

"罗圈腿，唉呀！……不能找到？"

这个孩子的名字十分象征着他。他说："没有。"

菜田的边道，小小的地盘，绣着野菜。经过这条短道，前面就是二里半的房窝，他家门前种着一株杨树，杨树翻摆着自己的叶子。每日二里半走在杨树下，总是听一听杨树的叶子怎样响；看一看杨树的叶子怎样摆动？杨树每天这样……他也每天停脚。今天是他第一次破例，什么他都忘记，只见跛脚跛得更深了！每一步像在踏下一个坑去。

土房周围，树条编做成墙，杨树一半荫影洒落到院中；麻面婆在荫影中洗濯衣裳。正午田圃间只留着寂静，惟有蝴蝶们为着花，远近的翻飞，不怕太阳烧毁它们的翅膀。一切都回藏起来，一只狗也寻着有荫的地方睡了！虫子们也回藏不鸣！

汗水在麻面婆的脸上，如珠如豆，渐渐浸着每个麻痕而下流。麻面婆不是一只蝴蝶，她生不出磷膀来，只有印就的麻痕。

两只蝴蝶飞戏着闪过麻面婆，她用湿的手把飞着的蝴蝶打下来，一个落到盆中溺死了！她的身子向前继续伏动，汗流到嘴了，她舐尝一点盐的味，汗流到眼睛的时候，那是非常辣，她急切用湿手揩拭一下，但仍不停的洗濯。她的眼睛好像哭过一样，揉擦出脏污可笑的圈子，若远看一点，那正合乎戏台上的丑角；眼睛大得那样可怕，比起牛的眼睛来更大，而且脸上也有不定的花纹。

土房的窗子，门，望去那和洞一样。麻面婆踏进门，她去找另一件要洗的衣服，可是在炕上，她抓到了日影，但是不能拿起，她知道她的眼睛是晕花了！好像在光明中忽然走进灭了灯的夜。她休息下来，感到非常凉爽。过了一会在席子下面她抽出一条自己的裤子。她用裤子抹着头上的汗，一面走回树荫放着盆的地方，她把裤子也浸进泥浆去。

裤子在盆中大概还没有洗完，可是搭到篱墙上了！也许已经洗完？麻面婆的事是一件跟紧一件，有必要时，她放下一件又去做别的。

邻屋的烟筒，浓烟冲出，被风吹散着，布满全院，烟迷着她的眼睛了！她知道家人要回来吃饭，慌张着心弦，她用泥浆浸过的手去墙角拿茅草，她沾了满手的茅草，就那样，她烧饭，她的手从来没用清水洗过。她家的烟筒也冒着烟了。过了一会，她又出来取柴，茅草在手中，一半拖在地面，另一半在围裙下，她是拥着走。头发飘了满脸，那样，麻面婆是一只母熊了！母熊带着草类进洞。

浓烟遮住太阳，院中一霎幽暗，在空中烟和云似的。

篱墙上的衣裳在滴水滴，蒸着污浊的气。全个村庄在火中窒息。午间的太阳权威着一切了！

"他妈的，给人家偷着走了吧？"

二里半跛脚厉害的时候，都是把屁股向后面斜着，跛出一定的角度来。他去拍一拍山羊睡觉的草棚，可是羊在哪里？

"他妈的，谁偷了羊……混帐种子！"

麻面婆听着丈夫骂，她走出来凹着眼睛：

"饭晚啦吗？看你不回来，我就洗些个衣裳。"

让麻面婆说话，就像让猪说话一样，也许她喉咙组织法和猪相同，她总是发着猪声。

"唉呀！羊丢啦！我骂你那个傻老婆干什么？"

听说羊丢，她去扬翻柴堆，她记得有一次羊是钻过柴堆。但是，那在冬天，羊为着取暖。她没有想一想，六月天气，只有和她一样傻的羊才要钻柴堆取暖。她翻着，她没有想。全头发洒着一些细草，她丈夫想止住她，问她什么理由，她始终不说。她为着要作出一点奇迹，为着从这奇迹，今后要人看重她。表明她不傻，表明她的智慧是在必要的时节出现，于是像狗在柴堆上耍得疲乏了！手在扒着发间的草杆，她坐下来。她意外的感到自己的聪明不够用，她意外的对自己失望。

过了一会邻人们在太阳底下四面出发，四面寻羊；麻面婆的饭锅冒着气，但，她也跟在后面。

二里半走出家门不远，遇见罗圈腿，孩子说：

"爸爸，我饿！"

二里半说："回家去吃饭吧！"

可是二里半转身时老婆和一捆稻草似的跟在后面。

"你这老婆，来干什么？领他回家去吃饭！"

他说着不停的向前跛走。

黄色的，近黄色的麦地只留下短短的根苗。远看来麦地使人悲伤。在麦地尽端，井边什么人在汲水。二里半一只手遮在眉上，东西眺望，他忽然决定到那井的地方，在井沿看下去，什么也没有，用井上汲水的桶子向水底深深的探试，什么也没有。最后，绞上水桶，他伏身到井边喝水，水在喉中有声，像是马在喝。

老王婆在门前草场上休息：

"麦子打得怎样啦？我的羊丢了！"

二里半青色的面孔为了丢羊更青色了！

咩……咩……咩？不是羊叫，寻羊的人叫。

林荫一排砖车经过，车夫们哗闹着。山羊的午睡醒转过来，它迷茫着用犄角在周身剔毛。为着树叶绿色的反映，山羊变成浅黄。卖瓜的人在道旁自己吃瓜。那一排砖车扬起浪般的灰尘，从林荫走上进城的大道。

山羊寂寞着，山羊完成了它的午睡，完成了它的树皮餐，而回家去了。山羊没有归家，它经过每棵高树，也听遍了每张叶子的喞鸣，山羊也要进城吗！它奔向进城的大道。

咩……咩……羊叫？不是羊叫，寻羊的人叫，二里半比别人叫出更大声，那不像羊叫，像是一条牛了！

最后，二里半和地邻动打，那样，他的帽子，像断了线的风筝，飘摇着下降，从他头上飘摇到远处。

"你踏碎了俺的白菜！你……你……"

那个红脸长人，像是魔王一样，二里半被打得眼睛晕花起来，他去抽拔身边的一棵小树；小树无由的被害了，那家的女人出来，送出一支搅酱缸的耙子，耙子滴着酱。

他看见耙子来了，拔着一棵小树跑回家去，草帽是那般孤独的丢在井边，草帽他不知戴了多少年头。

二里半骂着妻子："混蛋，谁吃你的焦饭！"

他的面孔和马脸一样长。麻面婆惊惶着，带着愚蠢的举动，她知道山羊一定没能寻到。

过了一会，她到饭盆那里哭了！"我的……羊，我一天一天喂喂……大的，我抚摸着长起来的！"

麻面婆的性情不会抱怨。她一遇到不快时，或是丈夫骂了她，或是邻人与她拌嘴，就连小孩子们扰烦她时，她都是像一摊蜡消融下来。她的性情不好反抗，不好争斗，她的心像永远贮藏着悲哀似的，她的心永远像一块衰弱的白棉。她哭抽着，任意走到外面把晒干的衣裳摘进来，但她绝对没有心思注意到羊。

可是会旅行的山羊在草棚不断的搔痒，弄得板房的门扇快要掉落下来，门扇摔摆的响着。

下午了，二里半仍在炕上坐着。

"妈的，羊丢了就丢了吧！留着它不是好兆相。"

但是妻子不晓得养羊会有什么不好的兆相，她说：

"哼！那么白白地丢了？我一会去找，我想一定在高粱地里。"

"你还去找？你别找啦！丢就丢了吧！"

"我能找到它呢！"

"唉呀，找羊会出别的事哩！"

他脑中回旋着挨打的时候：——草帽像断了线的风筝飘摇着下落，酱耙子滴着酱。快抓住小树，快抓住小树。……二里半心中翻着这不好的兆相。

他的妻子不知道这事。她朝向高粱地去了。蝴蝶和别的虫子热闹着，田地上有人工作。她不和田上的妇女们搭话，经过留着根的麦地时，她像微点的爬虫在那里。阳光比正午钝了些，虫鸣渐多了；蝶飞渐多了！

老王婆工作剩余的时间，尽是述说她无穷的命运。她的牙齿为着述说常常切得发响，那样她表示她的愤恨和潜怒。在星光下，她的脸纹绿了些，眼睛发青，她的眼睛是大的圆形。有时她讲到兴奋的话句，她发着嘎而没有曲折的直声。邻居的孩子们会说她是一头"猫头鹰"，她常常为着小孩子们说她"猫头鹰"而愤激：她想自己怎么会成个那样的怪物呢？像啐着一件什么东西似的，她开始吐痰。

孩子们的妈妈打了他们，孩子跑到一边去哭了！这时王婆她该终止她的讲话，她从窗洞爬进屋去过夜。但有时她并不注意孩子们哭，她不听见似地，她仍说着那一年麦子好；她多买了一条牛，牛又生了小牛，小牛后来又怎样？……她的讲话总是有起有落；关于一条牛，她能有无量的言词：牛是什么颜色？每天要吃多少水草？甚至要说到牛睡觉是怎样的姿势。

但是今夜院中一个讨厌的孩子也没有，王婆领着两个邻妇，坐在一条喂猪的槽子上，她们的故事便流水一般地在夜空里延展开。

天空一些云忙走，月亮陷进云围时，云和烟样，和煤山样，快要燃烧似地。再过一会，月亮埋进云山，四面听不见蛙鸣；只是萤虫闪闪着。

屋里，像是洞里，响起鼾声来，布遍了的声波旋走了满院。天边小的闪光不住的在闪合。王婆的故事对比着天空的云：

"……一个孩子三岁了，我把她摔死了，要小孩子我会成了个废物。……那天早晨……我想一想！……是早晨，我把她坐在草堆上，我去喂牛；草堆是在房后。等我想起孩子来，我跑去抱她，我看见草堆上没有孩子；我看见草堆下有铁犁的时候，我知道，这是恶兆，偏偏孩子跌在铁犁一起，我以为她还活着呀！等我抱起来的时候……啊呀！"

一条闪光裂开来，看得清王婆是一个兴奋的幽灵。全麦田，高两粱地，菜圃，都在闪光下出现。妇人们被惶惑着，像是有什么冷的东西，扑向她们的脸去。闪光一过，王婆的话声又连续下去：

"……啊呀！……我把她丢到草堆上，血尽是向草堆上流呀！她的小手颤颤着，血在冒着汽从鼻子流出，从嘴也流出，好像喉管被切断了。我听一听她的肚子还有响；那和一条小狗给车轮轧死一样。我也亲眼看过小狗被车轮轧死，我什么都看过。这庄上的谁家养小孩，一遇到孩子不能养下来，我就去拿着钩子，也许用那个掘菜的刀子，把那孩子从娘的肚子里硬搅出来。孩子死，不算一回事，你们以为我会暴跳着哭吧？我会嚎叫吧？

起先我心也觉得发颤，可是我一看见麦田在我眼前时，我一点都不后悔，我一滴眼泪都没淌下。以后麦子收成很好，麦子是我割倒的，在场上一粒一粒我把麦子拾起来，就是那年我整个秋天没有停脚，没讲闲话，像连口气也没得喘似的，冬天就来了！到冬天我和邻人比着麦粒，我的麦粒是那样大呀！到冬天我的背曲得有些厉害，在手里拿着大的麦粒。可是，邻人的孩子却长起来了！……到那时候，我好像忽然才想起我的小钟。"

王婆推一推邻妇，荡一荡头：

"我的孩子小名叫小钟呀！……我接连着煞苦了几夜没能睡，什么麦粒？从那时起，我连麦粒也不怎样看重了！就是如今，我也不把什么看重。那时我才二十几岁。"

闪光相连起来，能言的幽灵默默坐在闪光中。邻妇互相望着，感到有些寒冷。

狗在麦场张狂着咬过去，多云的夜什么也不能告诉人们。忽然一道闪光，看见的黄狗卷着尾巴向二里半叫去，闪光一过，黄狗又回到麦堆，草茎折动出细微的声音。

"三哥不在家里？"

"他睡着哩！"王婆又回到她的默默中，她的答话像是从一个空瓶子或是从什么空的东西发出。猪槽上她一个人化石一般地留着。

"三哥！你又和三嫂闹嘴吗？你常常和她闹嘴，那会坏了平安的日子的。"

二里半，能宽容妻子，以他的感觉去衡量别人。

赵三点起烟火来，他红色的脸笑了笑："我没和谁闹嘴哩！"

二里半他从腰间解下烟袋，从容着说：

"我的羊丢了！你不知道吧？它又走了回来。要替我说出买主去，这条羊留着不是什么好兆相。"

赵三用粗嘎的声音大笑，大手和红色脸在闪光中伸现出来：

"哈……哈，倒不错，听说你的帽子飞到井边团团转呢！"

忽然二里半又看见身边长着一棵小树，快抓住小树，快抓住小树。他幻想终了，他知道被打的消息是传布出来，他捻一捻烟灰，解辩着说：

"那家子不通人情，那有丢了羊不许找的勾当？她硬说踏了她的白菜，你看，我不能和她动打。"

摇一摇头，受着辱一般的冷没下去，他吸烟管，切心地感到羊不是好兆相，羊会伤着自己的脸面。

来了一道闪光，大手的高大的赵三，从炕沿站起，用手掌擦着眼睛。他忽然响叫：

"怕是要落雨吧！——坏啦！麦子还没打完，在场上堆着！"

赵三感到养牛和种地不足，必须到城里去发展。他每日进城，他渐渐不注意麦子，他梦想着另一桩有望的事业。

"那老婆，怎不去看麦子？麦子一定要给水冲走呢？"

赵三习惯的总以为她会坐在院心，闪光更来了！雷响，风声。一切翻动着黑夜的村庄。

"我在这里呀！到草棚拿席子来，把麦子盖起吧！"

喊声在有闪光的麦场响起，声音像碰着什么似的，好像在水上响出，王婆又震动着喉咙："快些，没有用的，睡觉睡昏啦！你是摸不到门啦！"

赵三为着未来的大雨所恐吓，没有同她拌嘴。

高粱地像要倒折，地端的榆树吹啸起来，有点像金属的声音，为着闪的原故，全庄忽然裸现，忽然又沉埋下去。全庄像是海上浮着的泡沫。邻家和距离远一点的邻家有孩子的哭声，大人在嚷吵，什么酱缸没有盖啦！驱赶着鸡雏啦！种麦田的人家嚷着麦子还没有打完啦！农家好比鸡笼，向着鸡笼投下火去，鸡们会翻腾着。

黄狗在草堆开始做窝，用腿扒草，用嘴扯草。王婆一边颤动，一边手里拿着耙子：

"该死的，麦子今天就应该打完，你进城就不见回来，麦子算是可惜啦！"

二里半在电光中走近家门，有雨点打下来，在植物的叶子上稀疏的响着。雨点打在他的头上时，他摸一下头顶而没有了草帽。关于草帽，二里半一边走路一边怨恨山羊。

早晨了，雨还没有落下。东边一道长虹悬起来；感到湿的气味的云掠过人头，东边高粱头上，太阳走在云后，那过于艳明，像红色的水晶，像红色的梦。远看高粱和小树林一般森严着；村家在早晨趁着气候的凉爽，各自在田间忙。

赵三门前，麦场上小孩子牵着马，因为是一条年青的马，它跳着荡着尾巴跟它的小主人走上场来。小马欢喜用嘴撞一撞停在场上的"石磙"，它的前腿在平滑的地上跺打几下，接着它必然像索求什么似的叫起不很好听的声来。

王婆穿的宽袖的短袄，走上平场。她的头发毛乱而且绞卷着。朝晨的红光照着她，她的头发恰像田上成熟的玉米缨穗，红色并且蔫卷。

马儿把主人呼唤出来，它等待给它装置"石磙"，"石磙"装好的时候，小马摇着尾巴，不断的摇着尾巴，它十分驯顺和愉快。

王婆摸一摸席子潮湿一点，席子被拉在一边；孩子跑过去，帮助她，麦穗布满平场，王婆拿着耙子站到一边。小孩欢跑着立到场子中央，马儿开始转跑。小孩在中心地点也是转着。好像画圆周时用的圆规一样，无论马儿怎样跑，孩子总在圆心的位置。因为小马发疯着，飘扬着跑，它和孩子一般地贪玩，弄得麦穗溅出场外。王婆用耙子打着马，可是走了一会它游戏够了，就和厮耍着的小狗需要休息一样，休息下来。王婆着了疯一般地又挥着耙子，马暴跳起来，它跑了两个圈子，把"石磙"带着离开铺着麦穗的平场；并且嘴里咬嚼一些麦穗。系住马勒带的孩子挨着骂：

"呵！你总偷着把它拉上场，你看这样的马能打麦子吗？死了去吧！别烦我吧！"

小孩子拉马走出平场的门；到马槽子那里，去拉那个老马。把小马束好在杆子间。老马差不多完全脱了毛，小孩子不爱它，用勒带打着它走，可是它仍和一块石头或是一棵生了根的植物那样不容搬运。老马是小马的妈妈，它停下来，用鼻头偎着小马肚皮间破裂的流着血的伤口。小孩子看见他爱的小马流血，心中惨惨的眼泪要落出来，但是他没能晓得母子之情，因为他还没能看见妈妈，他是私生子。脱着光毛的老动物，催逼着离开小马，鼻头染着一些血，走上麦场。

村前火车经过河桥，看不见火车，听见隆隆的声响。王婆注意着旋上天空的黑烟。前村的人家，驱着白菜车去进城，走过王婆的场子时，从车上抛下几个柿子来，一面说：

"你们是不种柿子的，这是贱东西，不值钱的东西，麦子是发财之道呀！"驱着车子的青年结实的汉子过去了；鞭子甩响着。

老马看着墙外的马不叫一声，也不响鼻子。小孩去拿柿子吃，柿子还不十分成熟，半青色的柿子，永远被人们摘取下来。

马静静地停在那里，连尾巴也不甩摆一下。也不去用嘴触一触石磙；就连眼睛它也不远看一下，同时它也不怕什么工作，工作来的时候，它就安心去开始；一些绳锁束上身时，它就跟住主人的鞭子。主人的鞭子很少落到它的皮骨，有时它过分疲惫而不能支持，行走过分缓慢；主人打了它，用鞭子，或是用别的什么，但是它并不暴跳，因为一切过去的年代规定了它。

麦穗在场上渐渐不成形了！

"来呀！在这儿拉一会马呀！平儿！"

"我不愿意和老马在一起，老马整天像睡着。"

平儿囊中带着柿子走到一边去吃，王婆怨怒着：

"好孩子呀！我管不好你，你还有爹哩！"

平儿没有理谁，走出场子，向着东边种着花的地端走去。他看着红花，吃着柿子走。

灰色的老幽灵暴怒了："我去唤你的爹爹来管教你呀！"

她像一支灰色的大鸟走出场去。

清早的叶子们！树的叶子们，花的叶子们，闪着银珠了！太阳不着边际地圆轮在高粱棵的上端，左近的家屋在预备早饭了。

老马自己在滚压麦穗，勒带在嘴下拖着，它不偷食麦粒，它不走脱了轨，转过一个圈，再转过一个圈，绳子和皮条有次序的向它光皮的身子摩擦，老动物自己无声的动在那里。

种麦的人家，麦草堆得高涨起来了！福发家的草地也涨过墙头。福发的女人吸起烟管。她是健壮而短小，烟管随意冒着烟；手中的耙子，不住的耙在平场。

侄儿打着鞭子行经在前面的林荫，静静悄悄地他唱着寂寞的歌；她为歌声感动了！耙子快要停下来，歌声仍起在林端：

"昨晨落着毛毛雨，……小姑娘，披蓑衣……小姑娘，……去打鱼。"

二、菜圃

菜圃上寂寞的大红的西红柿，红着了。小姑娘们摘取着柿子，大红大红的柿子，盛满她们的筐篮；也有的在拔青萝卜、红萝卜。

金枝听着鞭子响，听着口哨响，她猛然站起来，提好她的筐子惊惊怕怕的走出菜圃。在菜田东边，柳条墙的那个地方停下，她听一听口笛渐渐远了！鞭子的响声与她隔离着了！她忍耐着等了一会，口笛婉转地从背后的方向透过来；她又将与他接近着了！菜田上一些女人望见她，远远的呼唤：

"你不来摘柿子，干什么站到那儿？"

她摇一摇她成双的辫子，她大声摆着手说："我要回家了！"

姑娘假装着回家，绕过人家的篱墙，躲避一切菜田上的眼睛，朝向河湾去了。筐子挂在腕上，摇摇搭搭。口笛不住的在远方催逼她，仿佛她是一块被引的铁跟住了磁石。

静静的河湾有水湿的气味，男人等在那里。

　　五分钟过后，姑娘仍和小鸡一般，被野兽压在那里。男人着了疯了！他的大手敌意一般地捉紧另一块肉体，想要吞食那块肉体，想要破坏那块热的肉。尽量的充涨了血管，仿佛他是在一条白的死尸上面跳动，女人赤白的圆形的腿子，不能盘结住他。于是一切音响从两个贪婪着的怪物身上创造出来。

　　迷迷荡荡的一些花穗颤在那里，背后的长茎草倒折了！不远的地方打柴的老人在割野草。他们受着惊扰了，发育完强的青年的汉子，带着姑娘，像猎犬带着捕捉物似的，又走下高粱地去。他的手是在姑娘的衣裳下面展开着走。

　　吹口哨，响着鞭子，他觉得人间是温存而愉快。他的灵魂和肉体完全充实着，婶婶远远的望见他，走近一点，婶婶说：

　　"你和那个姑娘又遇见吗？她真是个好姑娘。……唉……唉！"

　　婶婶像是烦躁一般紧紧靠住篱墙。侄儿向她说：

　　"婶婶你唉唉什么呢？我要娶她哩！"

　　"唉……唉……"

　　婶婶完全悲伤下去，她说：

　　"等你娶过来，她会变样，她不和原来一样，她的脸是青白色；你也再不把她放在心上，你会打骂她呀！男人们心上放着女人，也就是你这样的年纪吧！"

　　婶婶表示出她的伤感，用手按住胸膛，她防止着心脏起什么变化，她又说：

　　"那姑娘我想该有了孩子吧？你要娶她，就快些娶她。"

侄儿回答："她娘还不知道哩！要寻一个做媒的人。"

牵着一条牛，福发回来。婶婶望见了，她急旋着走回院中，假意收拾柴栏。叔叔到井边给牛喝水，他又拉着牛走了！婶婶好像小鼠一般又抬起头来，又和侄儿讲话：

"成业，我对你告诉吧！年青的时候，姑娘的时候，我也到河边去钓鱼，九月里落着毛毛雨的早晨，我披着蓑衣坐在河沿，没有想到，我也不愿意那样；我知道给男人做老婆是坏事，可是你叔叔，他从河沿把我拉到马房去，在马房里，我什么都完啦！可是我心也不害怕，我欢喜给你叔叔做老婆。这时节你看，我怕男人，男人和石块一般硬，叫我不敢触一触他。"

"你总是唱什么落着毛毛雨，披蓑衣去打鱼……我再也不愿听这曲子，年青人什么也不可靠，你叔叔也唱这曲子哩！这时他再也不想从前了！那和死过的树一样不能再活。"

年轻的男人不愿意听婶婶的话，转走到屋里，去喝一点酒。他为着酒，大胆把一切告诉了叔叔。福发起初只是摇头，后来慢慢的问着：

"那姑娘是十七岁吗？你是二十岁。小姑娘到咱们家里，会做什么活计？"

争夺着一般的，成业说：

"她长得好看哩！她有一双亮油油的黑辫子。什么活计她也能做，很有力气呢！"

成业的一些话，叔叔觉得他是喝醉了，往下叔叔没有说什么，坐在那里沉思过一会，他笑着望着他的女人：

"啊呀……我们从前也是这样哩！你忘记吗？那些事情，你忘记了吧！……哈……哈，有趣的呢，回想年青真有趣的哩。"

女人过去拉着福发的臂，去妩媚他。但是没有动，她感到男人的笑脸不是从前的笑脸，她心中被他无数生气的面孔充塞住，她没有动，她笑一下赶忙又把笑脸收了回去。她怕笑得时间长，会要挨骂。男人叫把酒杯拿过去，女人听了这话，听了命令一般把杯子拿给他。于是丈夫也昏沉的睡在炕上。

女人悄悄地蹑着脚走出了，停在门边，她听着纸窗在耳边鸣，她完全无力，完全灰色下去。场院前，蜻蜓们闹着向日葵的花。但这与年青的妇人绝对隔碍着。

纸窗渐渐的发白，渐渐可以分辨出窗棂来了！进过高粱地的姑娘一边幻想着一边哭，她是那样的低声，还不如窗纸的鸣响。

她的母亲翻转过身时，哼着，有时也挫响牙齿。金枝怕要挨打，连在黑暗中把眼泪也拭得干净。老鼠一般地整夜好像睡在猫的尾巴下。通夜都是这样，每次母亲翻动时，像爆裂一般地，向自己的女儿的枕头的地方骂了一句：

"该死的！"

接着她便要吐痰，通夜是这样，她吐痰，可是她并不把痰吐到地上；她愿意把痰吐到女儿的脸上。这次转身她什么也没有吐，也没骂。

可是清早，当女儿梳好头辫，要走上田的时候，她疯着一般夺下她的筐子：

"你还想摘柿子吗？金枝，你不像摘柿子吧？你把筐子都丢啦！我看你好像一点心肠也没有，打柴的人幸好是朱大爷，若是别人拾去还能找出来吗？若是别人拾得了筐子，名声也不能好听哩！福发的媳妇，不就是在河沿坏的事吗？全村就连孩子们也是传说。唉！……那是怎样的人呀？以后婆家也找不出去。她有了孩子，没法做了福发的老婆，她娘为这事羞死了似的，在村子里见人，都不能抬起头来。"

母亲看着金枝的脸色马上苍白起来，脸色变成那样脆弱。母亲以为女儿可怜了，但是她没晓得女儿的手从她自己的衣裳里边偷偷的按着肚子，金枝感到自己有了孩子一般恐怖。母亲说：

"你去吧！你可再别和小姑娘们到河沿去玩，记住，不许到河边去。"

母亲在门外看着姑娘走，她没立刻转回去，她停住在门前许多时间，眼望着姑娘加入田间的人群。母亲回到屋中一边烧饭，一边叹气，她体内像染着什么病患似的。

农家每天从田间回来才能吃早饭。金枝走回来时，母亲看见她手在按着肚子：

"你肚子疼吗？"

她被惊着了，手从衣裳里边抽出来，连忙摇着头："肚子不疼。"

"有病吗？"

"没有病。"

于是她们吃饭。金枝什么也没有吃下去，只吃过粥饭就离开饭桌了！母亲自己收拾了桌子说：

"连一片白菜叶也没吃呢！你是病了吧？"

等金枝出门时，母亲呼唤着：

"回来，再多穿一件夹袄，你一定是着了寒，才肚子疼。"

母亲加一件衣服给她，并且又说：

"你不要上地吧？我去吧！"

金枝一面摇着头走了！披在肩上的母亲的小袄没有扣钮子，被风吹飘着。

金枝家的一片柿地，和一个院宇那样大的一片。走进柿地嗅到辣的气味，刺人而说不定是什么气味。柿秧最高的有两尺高，在枝间挂着金红色的果实。每棵，每棵挂着许多，也挂着绿色或是半绿色的一些。除了另一块柿地和金枝家的柿地连接着，左近全是菜田了！八月里人们忙着扒土豆；也有的砍着白菜，装好车子进城去卖。

二里半就是种菜田的人。麻面婆来回地搬着大头菜，送到地端的车子上。罗圈腿也是来回向地端跑着，有时他抱了两棵大形的圆白菜，走起来两臂像是架着两块石头样。

麻面婆看见身旁别人家的倭瓜红了。她看一下，近处没有人，起始把靠菜地长着的四个大倭瓜都摘落下来了。两个和小西瓜一样大的，她叫孩子抱着。罗圈腿脸累得涨红和倭瓜一般红，他不能再抱动了！两臂像要被什么压掉一般。还没能到地端，刚走过金枝身旁，他大声求救似的：

"爹呀，西……西瓜快要摔啦，快要摔碎啦！"

他着忙把倭瓜叫西瓜。菜田许多人，看见这个孩子都笑了！凤姐望着金枝说：

"你看这个孩子，把倭瓜叫成西瓜。"

金枝看了一下，用面孔无心的笑了一下。二里半走过来，踢了孩子一脚；两个大的果实坠地了！孩子没有哭，发愕地站到一边。二里半骂他：

"混蛋，狗娘养的，叫你抱白菜，谁叫你摘倭瓜啦？……"

麻面婆在后面走着，她看到儿子遇了事，她巧妙的弯下身去，把两个更大的倭瓜丢进柿秧中。谁都看见她作这种事，只是她自己感到巧妙。二里半问她：

"你干的吗？糊涂虫！错非你……"

麻面婆哆嗦了一下，口齿比平常更不清楚了："……我没……"

孩子站在一边尖锐地嚷着："不是你摘下来叫我抱着送上车的吗？不认帐！"

麻面婆她使着眼神，她急得要说出口来："我是偷的呢！该死的……别嚷叫啦，要被人抓住啦！"

平常最没有心肠看热闹的，不管田上发生了什么事，也沉埋在那里的人们，现在也来围住他们了！这里好像唱着武戏，戏台上耍着他们一家三人。二里半骂着孩子：

"他妈的混帐，不能干活，就能败坏，谁叫你摘倭瓜？"

罗圈腿那个孩子，一点也不服气的跑过去，从柿秧中把倭瓜滚弄出来了！大家都笑了，笑声超过人头。可是金枝好像患着传染病的小鸡一般，眨着眼睛蹲在柿秧下，她什么也没有理会，她逃出了眼前的世界。

二里半气愤得几乎不能呼吸，等他说出"倭瓜"是自家种的，为着留种子的时候，麻面婆站在那里才松了一口气。她以为这没有什么过错，偷摘自己的倭瓜。她仰起头来向大家表白："你们看，我不知道，实在不知道倭瓜是自家的呢！"

麻面婆不管自己说话好笑不好笑，挤过人围，结果把倭瓜抱到车子那里。于是车子走向进城的大道，弯腿的孩子拐拐歪歪跑在后面。马，车，人渐渐消失在道口了！

田间不断的讲着偷菜棵的事。关于金枝也起着流言：

"那个丫头也算完啦！"

"我早看她起了邪心，看她摘一个柿子要半天工夫；昨天把柿筐都忘在河沿！"

"河沿不是好人去的地方。"

凤姐身后，两个中年的妇人坐在那里扒胡萝卜。可是议论着，有时也说出一些淫污的话，使凤姐不大明白。

金枝的心总是悸动着，时间像蜘蛛缕着丝线那样绵长；心境坏到极点。金枝脸色脆弱朦胧得像罩着一块面纱。她听一听口哨还没有响。辽阔的可以看到福发家的围墙，可是她心中的哥儿却永不见出来。她又继续摘柿子，无论青色的柿子她也摘下。她没能注意到柿子的颜色，并且筐子也满着了！她不把柿子送回家去，一些杂色的柿子被她散乱地铺了满地。那边又有女人故意大声议论她：

"上河沿去跟男人，没羞的，男人扯开她的裤子？……"

金枝关于跟前的一切景物和声音，她忽略过去；她把肚子按得那样紧，仿佛肚子里面跳动了！忽然口哨传来了！她站起来，一个柿子被踏碎，像是被踏碎的蛤蟆一样，发出水声。她被跌倒了，口哨也跟着消灭了！以后无论她怎样听，口哨也不再响了。

金枝和男人接触过三次；第一次还是在两个月以前，可是那时母亲什么也不知道，直到昨天筐子落到打柴人手里，母亲算是渺渺茫茫的猜度着一些。

金枝过于痛苦了，觉得肚子变成个可怕的怪物，觉得里面有一块硬的地方，手按得紧些，硬的地方更明显。等她确信肚子里有了孩子的时候，她的心立刻发呕一般颤嗦起来，她被恐怖把握着了。奇怪的，两个蝴蝶叠落着贴落在她的膝头。金枝看着这邪恶的一对虫子而不拂去它。金枝仿佛是米田上的稻草人。

母亲来了，母亲的心远远就系在女儿的身上。可是她安静的走来，远看她的身体几乎呈出一个完整的方形，渐渐可以辨得出她尖形的脚在袋口一般的衣襟下起伏的动作。在全村的老妇人中什么是她的特征呢？她发怒和笑着一般，眼角集着愉快的多形的纹绉。嘴角也完全愉快着，只是上唇有些差别，在她真正愉快的时候，她的上唇短了一些。在她生气的时候，上唇特别长，而且唇的中央那一小部分尖尖的，完全像鸟雀的嘴。

母亲停住了。她的嘴是显着她的特征，——全脸笑着，只是嘴和鸟雀的嘴一般。因为无数青色的柿子惹怒她了！金枝在沉想的深渊中被母亲踢打了：

"你发傻了吗？啊……你失掉了魂啦？我撕掉你的辫子……"

金枝没有挣扎，倒了下来。母亲和老虎一般捕住自己的女儿。金枝的鼻子立刻流血。

她小声骂她，大怒的时候她的脸色更畅快笑着，慢慢的掀着尖唇，眼角的线条更加多的组织起来。

"小老婆，你真能败毁。摘青柿子。昨夜我骂了你，不服气吗？"

母亲一向是这样，很爱护女儿，可是当女儿败坏了菜棵，母亲便去爱护菜棵了。农家无论是菜棵，或是一株茅草也要超过人的价值。

该睡觉的时候了！火绳从门边挂手巾的铁丝线上倒垂下来，屋中听不着一个蚊虫飞了！夏夜每家挂着火绳。那绳子缓慢而绵长的燃着。惯常了，那像庙堂中燃着的香火，沉沉的一切使人无所听闻，渐渐催人入睡。艾蒿的气味渐渐织入一些疲乏的梦魂去。蚊虫被艾蒿烟驱走。金枝同母亲还没有睡的时候，有人来在窗外，轻慢的咳嗽着。

母亲忙点灯火，门响开了！是二里半来了。无论怎样母亲不能把灯点着，灯心处爆着水的炸响，母亲手中举着一枝火柴，把小灯举得和眉头一般高，她说：

"一点点油也没有了呢！"

金枝到外房去倒油。这个时间，他们谈说一些突然的事情。母亲关于这事惊恐似的，坚决的，感到羞辱一般的荡着头：

"那是不行，我的女儿不能配到那家子人家。"

二里半听着姑娘在外房盖好油罐子的声音，他往下没有说什么。金枝站在门限向妈妈问："豆油没有了，装一点水吧？"

金枝把小灯装好，摆在炕沿。燃着了！可是二里半到她家来的意义是为着她，她一点不知道，二里半为着烟袋向倒悬的火绳取火。

母亲，手在按住枕头，她像是想什么，两条直眉几乎相连起来。女儿在她身边向着小灯垂下头。二里半的烟火每当他吸过了一口便红了一阵。艾蒿烟混加着烟叶的气味，使小屋变做地下的窖子一样黑重！二里半作窘一般的咳嗽了几声。金枝把流血的鼻子换上另一块棉花。因为没有言语，每个人起着微小的潜意识的动作。

就这样坐着，灯火又响了。水上的浮油烧尽的时候，小灯又要灭，二里半沉闷着走了！二里半为人说媒被拒绝，羞辱一般的走了。

中秋节过去，田间变成残败的田间；太阳的光线渐渐从高空忧郁下来，阴湿的气息在田间到处撩走。南部的高粱完全睡倒下来，接接连连的望去，黄豆秧和揉乱的头发一样蓬蓬在地面，也有的地面完全拔秃似的。

早晨和晚间都是一样，田间憔悴起来。只见车子，牛车和马车轮轮滚滚的载满高粱的穗头，和大豆的杆秧。牛们流着口涎愚直的挂下着，发出响动的车子前进。

福发的侄子驱着一条青色的牛，向自家的场院载拖高粱。他故意绕走一条曲道，那里是金枝的家门，她心胀裂一般的惊慌，鞭子于是响起来了。

金枝放下手中红色的辣椒，向母亲说：

"我去一趟茅屋。"

于是老太太自己串辣椒，她串辣椒和纺织一般快。

金枝的辫子毛毛着，脸是完全充了血。但是她患着病的现象，把她变成和纸人似的，像被风飘着似的出现房后的围墙。

你害病吗？倒是为什么呢？但是成业是乡村长大的孩子，他什么也不懂得问。他丢下鞭子，从围墙宛如飞鸟落过墙头，用腕力搂住病的姑娘；把她压在墙角的灰堆上，那样他不是想要接吻她，也不是想要热情的讲些情话，他只是被本能支使着想动作一切。金枝打咴着一般的说：

"不行啦！娘也许知道啦，怎么媒人还不见来？"

男人回答：

"嗳，李大叔不是来过吗？你一点不知道！他说你娘不愿意。明天他和我叔叔一道来。"

金枝按着肚子给他看，一面摇头："不是呀！……不是呀！你看到这个样子啦！"

男人完全不关心，他小声响起："管他妈的，活该愿意不愿意，反正是干啦！"

他的眼光又失常了，男人仍被本能不停的要求着。

母亲的咳嗽声，轻轻的从薄墙透出来。墙外青牛的角上挂着秋空的游丝。

母亲和女儿在吃晚饭，金枝呕吐起来，母亲问她："你吃了苍蝇吗？"

她摇头，母亲又问："是着了寒吧！怎么你总有病呢？你连饭都咽不下去。不是有痨病啦！？"

母亲说着去按女儿的腹部，手在夹衣上来回的摸了阵。手指四张着在肚子上思索了又思索：

"你有了痨病吧？肚子里有一块硬呢！有痨病人的肚子才是硬一块。"

女儿的眼泪要垂流一般的挂到眼毛的边缘，最后滚动着从眼毛滴下来了！就是在夜里，金枝也起来到外边去呕吐，母亲迷蒙中听着叫娘的声音。窗上的月光差不多和白昼一般明，看得清金枝的半身拖在炕下，另半身是弯在枕上。头发完全埋没着脸面。等母亲拉她手的时候，她抽扭着说起：

"娘……把女儿嫁给福发的侄子吧！我肚里不是……病，是……"

到这时节母亲更要打骂女儿了吧？可不是那样，母亲好像本身有了罪恶，听了这话，立刻麻木着了，很长的时间她像不存在一样。过了一刻母亲用她从不用过温和的声调说：

　　"你要嫁过去吗？二里半那天来说媒，我是顶走他的，到如今这事怎么办呢？"

　　母亲似乎是平息了一下，她又想说，但是泪水塞住了她的嗓子，像是女儿窒息了她的生命似的，好像女儿把她羞辱死了！

三、老马走进屠场

老马走上进城的大道，"私宰场"就在城门的东边。那里的屠刀正张着，在等待这个残老的动物。

老王婆不牵着她的马儿，在后面用一条短枝驱着它前进。

大树林子里有黄叶回旋着，那是些呼叫着的黄叶。望向林子的那端，全林的树棵，仿佛是关落下来的大伞。凄沉的阳光，晒着所有的秃树。田间望遍了远近的人家。深秋的田地好像没有感觉的光了毛的皮带，远近平铺着。夏季埋在植物里的家屋，现在明显的好像突出地面一般，好像新从地面突出。

深秋带来的黄叶，赶走了夏季的蝴蝶。一张叶子落到王婆的头上，叶子是安静的伏贴在那里。王婆驱着她的老马，头上顶着飘落的黄叶；老马，老人，配着一张老的叶子，他们走在进城的大道。

道口渐渐看见人影，渐渐看见那个人吸烟，二里半迎面来了。他长形的脸孔配起摆动的身子来，有点像一个驯顺的猿猴。

他说："唉呀！起得太早啦！进城去有事吗？怎么驱着马进城，不装车粮拉着？"

振一振袖子，把耳边的头发向后抚弄一下，王婆的手颤抖着说了："到日子了呢！下汤锅去吧！"王婆什么心情也没有，她看着马在吃道旁的叶子，她用短枝驱着又前进了。

二里半感到非常悲痛。他痉挛着了。过了一个时刻转过身来，他赶上去说"下汤锅是下不得的，……下汤锅是下不得……"但是怎样办呢？二里半连半句语言也没有了！他扭歪着身子跨到前面，用手摸一摸马儿的鬃发。老马立刻响着鼻子了！它的眼睛哭着一般，湿润而模糊。悲伤立刻掠过王婆的心孔。哑着嗓子，王婆说："算了吧！算了吧！不下汤锅，还不是等着饿死吗？"

深秋秃叶的树，为了惨厉的风变，脱去了灵魂一般吹啸着。马行在前面，王婆随在后面，一步一步屠场近着了；一步一步风声送着老马归去。

王婆她自己想着：一个人怎么变得这样厉害？年青的时候，不是常常为着送老马或是老牛进过屠场吗？她颤寒起来，幻想着屠刀要像穿过自己的背脊，于是，手中的短枝脱落了！她茫然晕昏地停在道旁，头发舞着好像个鬼魂样。等她重新拾起短枝来，老马不见了！它到前面小水沟的地方喝水去了！这是它最末一次饮水吧！老马需要饮水，它也需要休息，在水沟旁倒卧下来了！它慢慢呼吸着。王婆用低音，慈和的音调呼唤着："起来吧！走进城去吧，有什么法子呢？"马仍然仰卧着。王婆看一看日午了，还要赶回去烧午饭，但，任她怎样拉疆绳，马仍是没有移动。

王婆恼怒着了！她用短枝打着它起来。虽是起来，老马仍然贪恋着小水沟。王婆因为苦痛的人生，使她易于暴怒，树枝在马儿的脊骨上断成半截。

又安然走在大道上了！经过一些荒凉的家屋，经过几座颓废的小庙。一个小庙前躺着个死了的小孩，那是用一捆谷草束扎着的。孩子小小的头顶露在外面，可怜的小脚从草梢直伸出来；他是谁家的孩子睡在这旷野的小庙前？

屠场近着了，城门就在眼前，王婆的心更翻着不停了。

五年前它也是一匹年青的马，为了耕种，伤害得只有毛皮蒙遮着骨架。现在它是老了！秋末了！收割完了！没有用处了！只为一张马皮，主人忍心把它送进屠场。就是一张马皮的价值，地主又要从王婆的手里夺去。

王婆的心自己感觉得好像悬起来；好像要掉落一般，当她看见板墙钉着一张牛皮的时候。那一条小街尽是一些要摊落的房屋；女人啦，孩子啦，散集在两旁。地面踏起的灰粉，污没着鞋子；冲上人的鼻孔。孩子们拾起土块，或是垃圾团打击着马儿，王婆骂道：

"该死的呀！你们这该死的一群。"

这是一条短短的街。就在短街的尽头，张开两张黑色的门扇。再走近一点，可以发见门扇斑斑点点的血印，被血痕所恐吓的老太婆好像自己踏在刑场了！她努力镇压着自己，不让一些年青时所见到刑场上的回忆翻动。但，那回忆却连续的开始织张：——一个小伙子倒下来了，一个老头也倒下来了！挥刀的人又向第三个人作着式子。

仿佛是箭，又像火刺烧着王婆，她看不见那一群孩子在打马，她忘记怎样去骂那一群顽皮的孩子。走着，走着，立在院心了。四面板墙钉住无数张毛皮。靠近房檐立了两条高杆，高杆中央横着横梁；马蹄或是牛蹄折下来用麻绳把两只蹄端扎连在一起，做一个叉形挂在上面，一团一团的肠子也搅在上面；肠子因为日子久了，干成黑色不动而僵直的片状的绳索。并且那些折断的腿骨，有的从折断处涔滴着血。

在南面靠墙的地方也立着高杆，杆头晒着在蒸气的肠索。这是说，那个动物是被钉死不久哩！肠子还热着呀！

满院在蒸发腥气，在这腥味的人间，王婆快要变做一块铅了！沉重而没有感觉了！

老马——棕色的马，它孤独的站在板墙下，它借助那张钉好的毛皮在搔痒。此刻它仍是马，过一会它将也是一张皮了！

一个大眼睛的恶面孔跑出来。裂着胸襟。说话时，可见他胸膛在起伏：

"牵来了吗？啊！价钱好说，我好来看一下。"

王婆说："给几个钱我就走了！不要麻烦啦。"

那个人打一打马的尾巴，用脚踢一踢马蹄；这是怎样难忍的一刻呀！

王婆得到三张票子，这可以充纳一亩地租。看着钱比较自慰些，她低着头向大门出去，她想还余下一点钱到酒店去买一点酒带回去，她已经跨出大门，后面发着响声：

"不行，不行，……马走啦！"

王婆回过头来，马又走在后面；马什么也不知道，仍想回家。屠场中出来一些男人，那些恶面孔们，想要把马抬回去，终于马躺在道旁了！像树根盘结在地中。无法，王婆又走回院中，马也跟回院中。她给马搔着头顶，它渐渐卧在地面了！渐渐想睡着了！忽然王婆站起来向大门奔走。在道口听见一阵关门声。

她哪有心肠买酒？她哭着回家，两只袖子完全湿透。那好像是送葬归来一般。

家中地主的使人早等在门前，地主们就连一块铜板也从不舍弃在贫农们的身上，那个使人取了钱走去。

王婆半日的痛苦没有代价了！王婆一生的痛苦也都是没有代价。

四、荒山

冬天，女人们像松树子那样容易结聚，在王婆家里满炕坐着女人。五姑姑在编麻鞋，她为着笑，弄得一条针丢在席缝里，她寻找针的时候，做出可笑的姿势来，她像一个灵活的小鸽子站起来在炕上跳着走，她说：

"谁偷了我的针？小狗偷了我的针？"

"不是呀！小姑爷偷了你的针！"

新娶来的菱芝嫂嫂，总是爱说这一类的话。五姑姑走过去要打她。

"莫要打，打人将要找一个麻面的姑爷。"

王婆在厨房里这样搭起声来；王婆永久是一阵忧默，一阵欢喜，与乡村中别的老妇们不同。她的声音又从厨房打来：

"五姑姑编成几双麻鞋了？给小丈夫要多多编几双呀！"

五姑姑坐在那里做出表情来，她说：

"哪里有你这样的老太婆，快五十岁了，还说这样话！"

王婆又庄严点说：

"你们都年青，哪里懂什么，多多编几双吧！小丈夫才会希罕哩。"

大家哗笑着了！但五姑姑不敢笑，心里笑，垂下头去，假装在席上找针。等菱芝嫂把针还给五姑姑的时候，屋子安然下来，厨房里王婆用刀刮着鱼鳞的声响，和窗外雪擦着窗纸的声响，混杂在一起了。

王婆用冷水洗着冻冰的鱼，两只手像个胡萝卜样。她走到炕沿，在火盆边烘手。生着斑点在鼻子上的新死去丈夫的妇人放下那张小破布，在一堆乱布里去寻更小的一块；她迅速的穿补。她的面孔有点像王婆，腮骨很高，眼睛和琉璃一般深嵌在好像小洞似的眼眶里，并且也和王婆一样，眉峰是突出的。那个女人不喜欢听一些妖艳的词句，她开始追问王婆：

"你的第一家那个丈夫还活着吗？"

两只在烘着的手，有点腥气；一颗鱼鳞掉下去，发出小小响声，微微上腾着烟。她用盆边的灰把烟埋住，她慢慢摇着头，没有回答那个问话。鱼鳞烧的烟有点难耐，每个人皱一下鼻头，或是用手揉一揉鼻头。生着斑点的寡妇，有点后悔，觉得不应该问这话。墙角坐着五姑姑的姐姐，她用麻绳穿着鞋底的沙音单调地起落着。

厨房的门，因为结了冰，破裂一般地鸣叫。

"呀！怎么买这些黑鱼？"

大家都知道是打鱼村的李二婶子来了。听了声音，就可以想像她梢长的身子。

"真是快过年了？真有钱买这些鱼？"

在冷空气中，音波响得很脆；刚踏进里屋，她就看见炕上坐满着人："都在这儿聚堆呢！小老婆们！"

她生得这般瘦，腰，临风就要折断似的；她的奶子那样高，好像两个对立的小岭。斜面看她的肚子似乎有些不平起来。靠着墙给孩子吃奶的中年妇人，望察着而后问：

"二婶子，不是又有了呵？"

二婶子看一看自己的腰身说：

"像你们呢！怀里抱着，肚子里还装着……"

她故意在讲骗话，过了一会她坦白地告诉大家：

"那是三个月了呢？你们还看不出？"

菱芝嫂在她肚皮上摸了一下，她邪昵地浅浅地笑了：

"真没出息，整夜尽搂着男人睡吧？"

"谁说？你们新媳妇，才那样。"

"新媳妇……？哼！倒不见得！"

"像我们都老了！那不算一回事啦，你们年青，那才了不得哪！小丈夫才会新鲜哩！"

每个人为了言词的引诱，都在幻想着自己，每个人都有些心跳；或是每个人的脸都发烧。就连没出嫁的五姑姑都感着神秘而不安了！她羞羞迷迷地经过厨房回家去了！只留下妇人们在一起，她们言调更无边际了！王婆也加入这一群妇人的队伍，她却不说什么，只是帮助着笑。

在乡村永久不晓得，永久体验不到灵魂，只有物质来充实她们。

李二婶子小声问菱芝嫂；其实小声人们听得更清！

"一夜几回呢？"

菱芝嫂她毕竟是新嫁娘，她猛然羞着了！不能开口。李二婶子的奶子颤动着，用手去推动菱芝嫂：

"说呀！你们年青，每夜要有那事吧？"

在这样的当儿，二里半的婆子进来了！二婶子推撞菱芝嫂一下：

"你快问问她！"

"你们一夜几回？"

那个傻婆娘一向说话是有头无尾：

"十多回。"

全屋人都笑得流着眼泪了！孩子从母亲的怀中起来，大声的哭号。

李二婶子静默一会，她站起来说：

"月英要吃咸黄瓜，我还忘了，我是来拿黄瓜。"

李二婶子，拿了黄瓜走了，王婆去烧晚饭，别人也陆续着回家了。王婆自己在厨房里炸鱼。为了烟，房中也不觉得寂寞。

鱼摆在桌子上，平儿也不回来，平儿的爹爹也不回来，暗色的光中王婆自己吃饭，热气作伴着她。

月英是打鱼村最美丽的女人。她家也最穷，和李二婶子隔壁住着。她是如此温和，从不听她高声笑过，或是高声吵嚷。生就的一对多情的眼睛，每个人接触她的眼光，好比落到绵绒中那样愉快和温暖。

可是现在那完全消失了！每夜李二婶子听到隔壁惨厉的哭声；十二月严寒的夜，隔壁的哼声愈见沉重了！

山上的雪被风吹着像要埋蔽这傍山的小房似的。大树号叫，风雪向小房遮蒙下来。一株山边斜歪著的大树，倒折下来。寒月怕被一切声音扑碎似的，退缩到天边去了！这时候隔壁透出来的声音，更哀楚。

"你……你给我一点水吧！我渴死了！"

声音弱得柔惨欲断似的：

"嘴干死了！……把水碗给我呀！"

一个短时间内仍没有回应，于是孱弱哀楚的小响不再作了！啜泣着，哼着，隔壁像是听到她流泪一般，滴滴点点地。

日间孩子们集聚在山坡，缘着树枝爬上去，顺着结冰的小道滑下来，他们有各样不同的姿势：——倒滚着下来，两腿分张着下来。也有冒险的孩子，把头向下，脚伸向空中溜下来。常常他们要跌破流血回家。冬天，对于村中的孩子们，和对于花果同样暴虐。他们每人的耳朵春天要脓胀起来，手或是脚都裂开条口，乡村的母亲们对于孩子们永远和对敌人一般。当孩子把爹爹的棉帽偷着戴起跑出去的时候，妈妈追在后面打骂着夺回来，妈妈们摧残孩子永久疯狂着。

王婆约会五姑姑来探望月英。正走过山坡，平儿在那里。平儿偷穿着爹爹的大毡靴子；他从山坡奔逃了！靴子好像两只大熊掌样挂在那个孩子的脚上，平儿蹒跚着了！从上坡滚落着了！可怜的孩子带着那样黑大不相称的脚，球一般滚转下来，跌在山根的大树杆上。王婆宛如一阵风落到平儿的身上；那样好像山间的野兽要猎食小兽一般凶暴。终于王婆提了靴子，平儿赤脚回家，使平儿走在雪上，好像使他走在火上一般不能停留。任孩子走得怎样远，王婆仍是说着：

"一双靴子要穿过三冬，踏破了哪里有钱买？你爹进城去都没穿哩！"

月英看见王婆还不及说话，她先哑了嗓子。王婆把靴子放在炕下，手在抹擦鼻涕：

"你好了一点？脸孔有一点血色了！"

月英把被子推动一下，但被子仍然伏盖在肩上，她说：

"我算完了，你看我连被子都拿不动了！"

月英坐在炕的当心。那幽黑的屋子好像佛龛，月英好像佛龛中坐着的女佛。用枕头四面围住她，就这样过了一年。一年月英没能倒下睡过。她患着瘫病，起初她的丈夫替她请神，烧香，也跑到土地庙前索药。后来就连城里的庙也去烧香，但是奇怪的是月英的病并不为这些香火和神鬼所治好。以后做丈夫的觉得责任尽到了，并且月英一个月比一个月加病，做丈夫的感着伤心！他嘴里骂：

"娶了你这样老婆，真算不走运气！好像娶个小祖宗来家，供奉着你吧！"

起初因为她和他分辨，他还打她。现在不然了，绝望了！晚间他从城里卖完青菜回来，烧饭自己吃，吃完便睡下，一夜睡到天明，坐在一边那个受罪的女人一夜呼唤到天明。宛如一个人和一个鬼安放在一起，彼此不相关联。

月英说话只有舌尖在转动。王婆靠近她，同时那一种难忍的气味更强烈了！更强烈的从那一堆污浊的东西，发散出来。月英指点身后说：

"你们看看，这是那死鬼给我弄来的砖，他说我快死了！用不着被子了！用砖依住我，我全身一点肉都瘦空。那个没有天良的，他想法折磨我呀！"

五姑姑觉得男人太残忍，把砖块完全抛下炕去。月英的声音欲断一般又说：

"我不行啦！我怎么能行，我快死啦！"

她的眼睛，白眼珠完全变绿，整齐的一排前齿也完全变绿，她的头发烧焦了似的，紧贴住头皮。她像一头患病的猫儿，孤独而无望。

王婆给月英围好一张被子在腰间，月英说：

"看看我的身下，脏污死啦！"

王婆下地用条枝拢了盆火，火盆腾着烟放在月英身后。王婆打开她的被子时，看见那一些排泄物淹浸了那座小小的骨盆。五姑姑扶住月英的腰，但是她仍然使人心楚的在呼唤！

"唉呦，我的娘！……唉呦疼呀！"

她的腿像一双白色的竹竿平行着伸在前面。她的骨架在炕上正确的做成一个直角，这完全用线条组成的人形，只有头阔大些，头在身子上仿佛是一个灯笼挂在杆头。

王婆用麦草揩着她的身子，最后用一块湿布为她擦著。五姑姑在背后把她抱起来，当擦臀部下时，王婆觉得有小小白色的东西落到手上，会蠕行似的。借着火盆边的火光去细看，知道那是一些小蛆虫，她知道月英的臀下是腐了，小虫在那里活跃。月英的身体将变成小虫们的洞穴！王婆问月英：

"你的腿觉得有点痛没有？"

月英摇头。王婆用凉水洗她的腿骨，但她没有感觉，整个下体在那个瘫人像是外接的，是另外的一件物体。当给她一杯水喝的时候，王婆：

"牙怎么绿了？"

终于五姑姑到隔壁借一面镜子来，同时她看了镜子，悲痛沁人心魂地她大哭起来。但面孔上不见一点泪珠，仿佛是猫忽然被斩轧，她难忍的声音，没有温情的声音，开始低嘎。

她说："我是个鬼啦！快些死了吧！活埋了我吧！"

她用手来撕头发，脊骨摇扭着，一个长久的时间她忙乱的不停。现在停下了，她是那样无力。头是歪斜地横在肩上；她又那样微微的睡去。

王婆提了靴子走出这个傍山的小房。荒寂的山上有行人走在天边，她昏旋了！为着强的光线，为着瘫人的气味，为着生、老、病、死的烦恼，她的思路被一些烦恼的波所遮拦。

五姑姑当走进大门时向王婆打了个招呼。留下一段更长的路途，给那个经验过多样人生的老太婆去走吧！

王婆束紧头上的蓝布巾，加快了速度，雪在脚下也相伴而狂速地呼叫。

三天以后，月英的棺材抬着横过荒山而奔着去埋葬，葬在荒山下。

死人死了！活人计算着怎么活下去。冬天女人们预备夏季的衣裳；男人们计虑着怎样开始明年的耕种。

那天赵三进城回来，他披着两张羊皮回家。王婆问他：

"哪里来的羊皮？——你买的吗？……哪来的钱呢……？"

赵三有什么事在心中似的，他什么也没言语。摇闪的经过炉灶，通红的火光立刻鲜明着，他走出去了。

夜深的时候他还没有回来。王婆命令平儿去找他。平儿的脚已是难于行动，于是王婆就到二里半家去。他不在二里半家，他到打鱼村去了。赵三阔大的喉咙从李青山家的窗纸透出，王婆知道他又是喝过了酒。当她推门的时候她就说：

"什么时候了？还不回家去睡？"

这样立刻全屋别的男人们也把嘴角合起来。王婆感到不能意料了。青山的女人也没在家，孩子也不见。赵三说：

"你来干么？回家睡吧！我就去……去……"

王婆看一看赵三的脸神，看一看周围也没有可坐的地方，她转身出来，她的心徘徊着：

——青山的媳妇怎么不在家呢？这些人是在做什么？

又是一个晚间。赵三穿好新制成的羊皮小袄出去。夜半才回来。披着月亮敲门。王婆知道他又是喝过了酒，但他睡的时候，王婆一点酒味也没嗅到。那么出去做些什么呢？总是愤怒的归来。

李二婶子拖了她的孩子来了，她问：

"是地租加了价吗？"

王婆说："我还没听说。"

李二婶子做出一个确定的表情：

"是的呀！你还不知道吗？三哥天天到我家去和他爹商量这事。我看这种情形非出事不可，他们天天夜晚计算着，就连我，他们也躲着。昨夜我站在窗外才听到他们说哩：'打死他吧！那是一块恶祸。'你想他们是要打死谁呢？这不是要出人命吗？"

李二婶子抚着孩子的头顶，有一点哀怜的样子：

"你要劝说三哥，他们若是出了事，像我们怎样活？孩子还都小着哩！"

五姑姑和别的村妇们带着他们的小包袱，约会着来的，踏进来的时候，她们是满脸盈笑。可是立刻她们转变了，当她们看见李二婶子和王婆默无言语的时候。

也把事件告诉了她们，她们也立刻忧郁起来，一点闲情也没有！一点笑声也没有，每个人痴呆地想了想，惊恐地探问了几句。五姑姑的姐姐，她是第一个扭着大圆的肚子走出去，就这样一个连着一个寂寞的走去。她们好像群聚的鱼似的，忽然有钓竿投下来，她们四下分行去了！

李二婶子仍没有走，她为的是嘱告王婆怎样破坏这件险事。

赵三这几天常常不在家吃饭；李二婶子一天来过三四次：

"三哥还没回来？他爹爹也没回来。"

一直到第二天下午赵三回来了，当进门的时候，他打了平儿，因为平儿的脚病着，一群孩子集到家来玩。在院心放了一点米，一块长板用短条棍架着，条棍上系着长绳，绳子从门限拉进去，雀子们去啄食谷粮，孩子们蹲在门限守望，什么时候雀子满集成堆时，那时候，孩子们就抽动绳索。许多饥饿的麻雀丧亡在长板下。厨房里充满了雀毛的气味，孩子们在灶堂里烧食过许多雀子。

赵三焦烦着，他看见一只鸡被孩子们打住。他把板子给踢翻了！他坐在炕沿上燃着小烟袋，王婆把早饭从锅里摆出来。他说：

"我吃过了！"

于是平儿来吃这些残饭。

"你们的事情预备得怎样了？能下手便下手。"

他惊疑。怎么会走漏消息呢？王婆又说：

"我知道的，我还能弄支枪来。"

他无从想像自己的老婆有这样的胆量。王婆真的找来一支老洋炮。可是赵三还从没用过枪。晚上平儿睡了以后王婆教他怎样装火药，怎样上炮子。

赵三对于他的女人慢慢感到可以敬重！但是更秘密一点的事情总不向她说。

忽然从牛棚里发现五个新镰刀。王婆意度这事情是不远了！

李二婶子和别的村妇们挤上门来打听消息的时候，王婆的头沉埋一下，她说：

"没有这回事，他们想到一百里路外去打围，弄得几张兽皮大家分用。"

是在过年的前夜，事情终于发生了！北地端鲜红的血染着雪地；但事情做错了！赵三近些日子有些失常，一条梨木杆打折了小偷的腿骨。他去呼唤二里半，想要把那小偷丢在土坑去，用雪埋起来。二里半说：

"不行，开春时节，土坑发现死尸，传出风声，那是人命哩！"

村中人听着极痛的呼叫，四面出来寻找。赵三拖着独腿人转著弯跑，但他不能把他掩藏起来。在赵三惶恐的心情下，他愿意寻到一个井把他放下去。赵三弄了满手血。

惊动了全村的人，村长进城去报告警所。

於是赵三去坐监狱，李青山他们的"镰刀会"少了赵三也就衰弱了！消灭了！

正月末赵三受了主人的帮忙，把他从监狱里提放出来。那时他头发很长，脸也灰白了些，他有点苍老。

为着给那个折腿的小偷做赔偿，他牵了那条仅有的牛上市去卖；小羊皮袄也许是卖了？再不见他穿了！

晚间李青山他们来的时候，赵三忏悔一般地说：

"我做错了！也许是我该招的灾祸；那是一个天将黑的时候，我正喝酒，听着平儿大喊有人偷柴。刘二爷前些日子来说要加地租，我不答应，我说我们联合起来不给他加，于是他走了！过了几天他又来，说非加不可。再不然叫你们滚蛋！我说好啊！等着你吧！那个管事的，他说：你还要造反？不滚蛋，你们的草堆，就要着火！我只当是那个小子来点着我的柴堆呢！拿着杆子跑出去就把腿给打断了！打断了也甘心，谁想那是一个小偷？哈哈！小偷倒霉了！就是治好，那也是跛子了！"

关于"镰刀会"的事情他像忘记了一般。李青山问他：

"我们应该怎样铲除刘二爷那恶棍？"

是赵三说的话：

"打死他吧！那个恶祸。"

还是从前他说的话，现在他又不那样说了：

"铲除他又能怎样？我招灾祸，刘二爷也向东家（地主）说了不少好话。从前我是错了！也许现在是受了责罚！"

他说话时不像从前那样英气了！脸上有点带着忏悔的意味，羞惭和不安了。王婆坐在一边，听了这话她后脑上的小发卷也像生着气：

"我没见过这样的汉子，起初看来还像一块铁，后来越看越是一堆泥了！"

赵三笑了："人不能没有良心！"

于是好良心的赵三天天进城，弄一点白菜担着给东家送去，弄一点土豆也给东家送去。为着送这一类菜，王婆同他激烈地吵打，但他绝对保持着他的良心。

有一天少东家出来，站在门阶上像训诲着他一般：

"好险！若不为你说一句话，三年大狱你可怎么蹲呢？那个小偷他算没走好运吧！你看我来着手给你办，用不着给他接腿，让他死了就完啦。你把卖牛的钱也好省下，我们是'地东''地户'哪有看着过去的……"

　　说话的中间，间断了一会，少东家把话尾落到别处：

　　"不过今年地租是得加。左近地邻不都是加了价吗？地东地户年头多了，不过得……少加一点。"

　　过不了几天小偷从医院抬出来，可真的死了就完了！把赵三的牛钱归还一半，另一半少东家说是用做杂费了。

　　二月了。山上的积雪现出毁灭的色调。但荒山上却有行人来往。渐渐有送粪的人担着担子行过荒凉的山岭。农民们蛰伏的虫子样又醒过来。渐渐送粪的车子也忙着了！只有赵三的车子没有牛挽，平儿冒着汗和爹爹并架着车辕。

　　地租就这样加成了！

五、羊群

平儿被雇做了牧羊童。他追打群羊跑遍山坡。山顶像是开着小花一般，绿了！而变红了！山顶拾野菜的孩子，平儿不断的戏弄她们，他单独的赶着一只羊去吃她们筐子里拾得的野菜。有时他选一条大身体的羊，像骑马一样的骑着来了！小的女孩们吓得哭着，她们看他像个猴子坐在羊背上。平儿从牧羊时起，他的本领渐渐得以发展。他把羊赶到荒凉的地方去，招集村中所有的孩子练习骑羊。每天那些羊和不喜欢行动的猪一样散遍在旷野。

行在归途上，前面白茫茫的一片，他在最后的一个羊背上，仿佛是大将统治着兵卒一般。他手耍着鞭子，觉得十分得意。

"你吃饱了吗？午饭。"

赵三对儿子温和了许多。从遇事以后他好像是温顺了。

那天平儿正戏耍在羊背上，在进大门的时候，羊疯狂的跑着，使他不能从羊背跳下，那样他像耍着的羊背上张狂的猴子。

一个下雨的天气，在羊背上进大门的时候，他把小孩撞倒，主人用拾柴的耙子把他打下羊背来，仍是不停，像打着一块死肉一般。

夜里，平儿不能睡，辗翻着不能睡。爹爹动着他庞大的手掌拍抚他：

"跑了一天！还不困倦，快快睡吧！早早起来好上工！"

平儿在爹爹温顺的手下，感到委屈了！

"我挨打了！屁股疼。"

爹爹起来，在一个纸包里取出一点红色的药粉给他涂擦破口的地方。

爹爹是老了！孩子还那样小，赵三感到人活着没有什么意趣了。第二天平儿去上工被辞退回来，赵三坐在厨房用谷草正织鸡笼，他说：

"好啊！明天跟爹爹去卖鸡笼吧！"

天将明，他叫着孩子：

"起来吧，跟爹爹去卖鸡笼。"

王婆把米饭用手打成坚实的团子，进城的父子装进衣袋去，算做午餐。

第一天卖出去的鸡笼很少，晚间又都背着回来。王婆弄着米缸响：

"我说多留些米吃，你偏要卖出去……又吃什么呢？……又吃什么呢？"

老头子把怀中的铜板给她，她说：

"不是今天没有吃的，是明天呀？"

赵三说："明天，那好说，明天多卖出几个笼子就有了！"

一个上午，十个鸡笼卖出去了！只剩下三个大些的，堆在那里。爹爹手心上数着票子，平儿在吃饭团。

"一百枚还多着，我们该去喝碗豆腐脑来！"

他们就到不远的那个布棚下，蹲在担子旁吃着冒气的食品。是平儿先吃，爹爹的那碗才正在上面倒醋。平儿对于这食品是怎样新鲜呀！一碗豆腐脑是怎样舒畅着平儿的小肠子呀！他的眼睛圆圆地把一碗豆腐脑吞食完了！

那个叫卖人说："孩子再来一碗吧！"

爹爹惊奇着："吃完了？"

那个叫卖人把勺子放下锅去说："再来一碗算半碗的钱吧！"

平儿的眼睛溜着爹爹把碗递过去。他喝豆腐脑作出大大的抽响来。赵三却不那样，他把眼光放在鸡笼的地方，慢慢吃，慢慢吃终于也吃完了！他说：

"平儿，你吃不下吧？倒给我碗点。"

平儿倒给爹爹很少很少。给过钱爹爹去看守鸡笼。平儿仍在那里，孩子贪恋着一点点最末的汤水，头仰向天，把碗扣在脸上一般。

菜市上买菜的人经过，若注意一下鸡笼，赵三就说：

"买吧！仅是十个铜板。"

终于三个鸡笼没有人买，两个分给爹爹，留下一个在平儿的背上突起着。经过牛马市，平儿指嚷着：

"爹爹，咱们的青牛在那儿。"

大鸡笼在背上荡动着，孩子去看青牛。赵三笑了，向那个卖牛人说：

"又出卖吗？"

说着这话，赵三无缘地感到酸心。到家他向王婆说：

"方才看见那条青牛在市上。"

"人家的了，就别提了。"王婆整天地不耐烦。

卖鸡笼渐渐的赵三会说价了；慢慢的坐在墙根他会招呼了，也常常给平儿买一两块红绿的糖球吃。后来连饭团也不用带。

他弄些铜板每天交给王婆，可是她总不喜欢，就像无意之中把钱放起来。

二里半又给说妥一家，叫平儿去做小伙计。孩子听了这话，就生气。

"我不去，我不能去，他们好打我呀！"平儿为了卖鸡笼所迷恋：

"我还是跟爹爹进城。"

王婆绝对主张孩子去做小伙计。她说：

"你爹爹卖鸡笼你跟着做什么？"

赵三说："算了吧，不去就不去吧。"

铜板兴奋着赵三，半夜他也是织鸡笼，他向王婆说：

"你就不好也来学学，一种营生呢！还好多织几个。"

但是王婆仍是去睡，就像对于他织鸡笼，怀着不满似的，就像反对他织鸡笼似的。

平儿同情着父亲，他愿意背鸡笼，多背一个。爹爹说：

"不要背了！够了！"

他又背一个，临出门时他又找个小一点的提在手里。爹爹问：

"你能拿动吗？送回两个去吧，卖不完啊！"

有一次从城里割一斤肉回来，吃了一顿像样的晚餐。

村中妇人羡慕王婆：

"三哥真能干哩！把一条牛卖掉，不能再种粮食，可是这比种粮食更好，更能得钱。"

经过二里半门前，平儿把罗圈腿也领进城去。平儿向爹爹要了铜板给小朋友买两片油煎馒头。又走到敲铜锣搭着小棚的地方去挤撞，每人花一个铜板看一看"西洋景"（街头影戏）。那是从一个嵌着小玻璃镜，只容一只眼睛的地方看进去，里面有一张放大的画片活动着。打仗的，拿着枪的，很快又换上一张别样的。要画片的人一面唱，一面讲：

"这又是一片洋人打仗。你看'老毛子'夺城，那真是哗啦啦！打死的不知多少……"

罗圈腿嚷着看不清，平儿告诉他："你把眼睛闭起一个来！"

可是不久这就完了！从热闹的、孩子热爱的城里把他们又赶出来，平儿又被装进这睡着一般的乡村。原因，小鸡初生卵的时节已经过去。家家把鸡笼全预备好了。

平儿不愿跟着，赵三自己进城，减价出卖。后来折本卖。最后，他也不去了。厨房里鸡笼靠墙高摆起来。这些东西从前会使赵三欢喜，现在会使他生气。

平儿又骑在羊背上去牧羊。但是赵三是受了挫伤！

六、刑罚的日子

　　房后的草堆上，温暖在那里蒸腾起了。全个农村跳跃着泛滥的阳光。小风开始荡漾田禾，夏天又来到人间，叶子上树了！假使树会开花，那么花也上树了！

　　房后草堆上，狗在那里生产。大狗四肢在颤动，全身抖擞著。经过一个长时间，小狗生出来。

　　暖和的季节，全村忙着生产。大猪带着成群的小猪喳喳的跑过，也有的母猪肚子那样大，走路时快要接触着地面，它多数的乳房有什么在充实起来。

　　那是黄昏时候，五姑姑的姐姐她不能再延迟，她到婆婆屋中去说：

　　"找个老太太来吧！觉得不好。"

　　回到房中放下窗帘和幔帐。她开始不能坐稳，她把席子卷起来，就在草上爬行。收生婆来时，她乍望见这房中，她就把头扭着。她说：

"我没见过，像你们这样大户人家，把孩子还要生养到草上。'压柴，压柴，不能发财。'"

家中的婆婆把席下的柴草又都卷起来，土炕上扬起灰尘。光着身子的女人，和一条鱼似的，她爬在那里。

黄昏以后，屋中起着烛光。那女人是快生产了，她小声叫号了一阵，收生婆和一个邻居的老太婆架扶着她，让她坐起来，在炕上微微的移动。可是罪恶的孩子，总不能生产，闹着夜半过去，外面鸡叫的时候，女人忽然苦痛得脸色灰白，脸色转黄，全家人不能安定。为她开始预备葬衣，在恐怖的烛光里四下翻寻衣裳，全家为了死的黑影所骚动。

赤身的女人，她一点不能爬动，她不能为生死再挣扎最后的一刻。天渐亮了。恐怖仿佛是僵尸，直伸在家屋。

五姑姑知道姐姐的消息，来了，正在探询：

"不喝一口水吗？她从什么时候起？"

一个男人撞进来，看形象是一个酒疯子。他的半面脸红而肿起，走到幔帐的地方，他吼叫：

"快给我的靴子！"

女人没有应声，他用手撕扯幔帐，动着他厚肿的嘴唇：

"装死吗？我看看你还装死不装死！"

说着他拿起身边的长烟袋来投向那个死尸。母亲过来把他拖出去。每年是这样，一看见妻子生产他便反对。

日间苦痛减轻了些，使她清明了！她流着大汗坐在幔帐中，忽然那个红脸鬼，又撞进来，什么也不讲，只见他怕人的手中举起大水盆向着帐子抛来。最后人们拖他出去。

大肚子的女人，仍涨着肚皮，带着满身冷水无言的坐在那里。她几乎一动不敢动，她仿佛是在父权下的孩子一般怕着她的男人。

她又不能再坐住，她受着折磨，产婆给换下她着水的上衣。门响了她又慌张了，要有神经病似的。一点声音不许她哼叫，受罪的女人，身边若有洞，她将跳进去！身边若有毒药，她将吞下去。她仇视着一切，窗台要被她踢翻。她愿意把自己的腿弄断，宛如进了蒸笼，全身将被热力所撕碎一般呀！

产婆用手推她的肚子：

"你再刚强一点，站起来走走，孩子马上就会下来的，到了时候啦！"

走过一个时间，她的腿颤颤得可怜，患着病的马一般，倒了下来。产婆有些失神色，她说：

"媳妇子怕要闹事，再去找一个老太太来吧！"

五姑姑回家去找妈妈。

这边孩子落产了，孩子当时就死去！用人拖着产妇站起来，立刻孩子掉在炕上，像投一块什么东西在炕上响着。女人横在血光中，用肉体来浸着血。

窗外，阳光洒满窗子，屋内妇人为了生产疲乏着。

田庄上绿色的世界里，人们洒着汗滴。

四月里，鸟雀们也孵雏了！常常看见黄嘴的小雀飞下来，在檐下跳跃着啄食。小猪的队伍逐渐肥起来，只有女人在乡村夏季更贫瘦，和耕种的马一般。

刑罚，眼看降临到金枝的身上，使她短的身材，配着那样大的肚子，十分不相称。金枝还不像个妇人，仍和一个小女孩一般。但是肚子膨胀起了！很快做妈妈了，妇人们的刑罚快擒着她。

并且她出嫁还不到四个月，就渐渐会诅咒丈夫，渐渐感到男人是严凉的人类！那正和别的村妇一样。

坐在河边沙滩上，金枝在洗衣服。红日斜照着河水，对岸林子的倒影，随逐着红波模糊下去！

成业在后边，站在远远的地方：

"天黑了呀！你洗衣裳，懒老婆，白天你做什么来？"

天还不明，金枝就摸索着穿起衣裳。在厨房，这大肚子的小女人开始弄得厨房蒸着气。太阳出来，铲地的工人捎着锄头回来。堂屋挤满着黑黑的人头，吞饭、吞汤的声音，无纪律地在响。

中午又烧饭；晚间烧饭，金枝过于疲乏了！腿子痛得折断一般。天黑下来卧倒休息一刻。在她迷茫中坐起来，知道成业回来了！努力掀起在睡的眼睛，她问：

"才回来？"

过了几分钟，她没有得到答话。只看男人解脱衣裳，她知道又要挨骂了！正相反，没有骂，金枝感到背后温热一些，男人努力低音向她说话：

"…………"

金枝被男人朦胧着了！

立刻，那和灾难一般，跟着快乐而痛苦追来了。金枝不能烧饭。村中的产婆来了！她在炕角苦痛着脸色，她在那里受着刑罚，王婆来帮助她把孩子生下来。王婆摇着她多经验的头颅："危险，昨夜你们必定是不安着的。年青什么也不晓得，肚子大了，是不许那样的。容易丧掉性命！"

十几天后金枝又行动在院中了！小金枝在屋中哭唤她。

牛或是马在不知觉中忙着栽培自己的痛苦。夜间乘凉的时候，可以听见马或是牛棚做出异样的声音来。牛也许是为了自己的妻子而角斗，从牛棚撞出来了。木杆被撞掉，狂张着，成业去拾了耙子猛打疯牛，于是又安然被赶回棚里。

在乡村，人和动物一起忙着生，忙着死……

二里半的婆子和李二婶子在地端相遇。

"啊呀！你还能弯下腰去？"

"你怎么样？"

"我可不行了呢？"

"你什么时候的日子？"

"就是这几天。"

外面落着毛毛雨。忽然二里半的家屋吵叫起来！傻婆娘一向生孩子是闹惯了的，她大声哭，她怨恨男人：

"我说再不要孩子啦！没有心肝的，这不都是你的吗？我算死在你身上！"

惹得老王婆扭着身子闭住嘴笑。过了一会傻婆娘又滚转着高声嚷叫：

"肚子疼死了，拿刀快把我肚子给割开吧！"

吵叫声中看得见孩子的圆头顶。

在这时候，五姑姑变青脸色，走进门来，她似乎不会说话，两手不住的扭绞：

"没有气了！小产了，李二婶子快死了呀！"

王婆就这样丢下麻面婆赶向打鱼村去。另一个产婆来时，麻面婆的孩子已在土炕上哭着。产婆洗着刚会哭的小孩。

等王婆回来时，窗外墙根下，不知谁家的猪也正在生小猪。

七、罪恶的五月节

五月节来临，催逼着两件事情发生：王婆服毒，小金枝惨死。

弯月如同弯刀刺上林端。王婆散开头发，她走向房后柴栏，在那儿她轻开篱门。柴栏外是墨沉沉的静谧的，微风不敢惊动这黑色的夜面；黄瓜爬上架了！玉米响着雄宽的叶子，没有蛙鸣，也少虫声。

王婆披着散发，幽魂一般的，跪在柴草上，手中的杯子放到嘴边。一切涌上心头，一切诱惑她。她平身向草堆倒卧过去。被悲哀汹淘着大哭了。

赵三从睡床了起来，他什么都不清楚，柴栏里，他带点愤怒对待王婆：

"为什么？在发疯！"

他以为她是闷着刺到柴栏去哭。

赵三撞到草中的杯子了，使他立刻停止一切思维。他跑到屋中，灯光下，发现黑色浓重的液体东西在杯底。他先用手拭一拭，再用舌头拭一拭，那是苦味。

"王婆服毒了！"

次晨村中嚷着这样的新闻。村人凄静的断续的来看她。

赵三不在家，他跑出去，乱坟岗子上，给她寻个位置。

乱坟岗子上活人为死人掘着坑子了，坑子深了些，二里半先跳下去。下层的湿土，翻到坑子旁边，坑子更深了！大了！几个人都跳下去，铲子不住的翻着，坑子埋过人腰。外面的土堆涨过人头。

坟场是死的城廓，没有花香，没有虫鸣，即使有花，即使有虫，那都是唱奏着别离歌，陪伴着说不尽的死者永久的寂寞。

乱坟岗子是地主施舍给贫苦农民们死后的住宅。但活着的农民，常常被地主们驱逐，使他们提着包袱，提着小孩，从破房子再走进更破的房子去。有时被逐着在马棚里借宿。孩子们哭闹着马棚里的妈妈。

赵三去进城，突然的事情打击着他，使他怎样柔弱呵！遇见了打鱼村进城卖菜的车子，那个驱车人麻麻烦烦的讲一些：

"菜价低了，钱帖毛荒。粮食也不值钱。"

那个车夫打着鞭子，他又说：

"只有布匹贵，盐贵。慢慢一家子连咸盐都吃不起啦！地租是增加，还叫老庄活不活呢？"

赵三跳上车，低了头坐在车尾的辕边。两条衰乏的腿子，凄凉的挂下，并且摇荡。车轮在辙道上哐啷的牵响。

城里，大街上拥挤着了！菜市过量的纷嚷。围着肉铺，人们吵架一般。忙乱的叫卖童，手中花色的葫芦随着空气而跳荡，他们为了"五月节"而癫狂。

赵三他什么也没看见，好像街上的人都没有了！好像街是空街。但是一个小孩跟在后面：

"过节了，买回家去，给小孩玩吧！"

赵三听见这话，那个卖葫芦的孩子，好像自己不是孩子，自己是大人了一般，他追逐。

"过节了，买回家去，给小孩玩吧！"

柳条枝上各色花样的葫芦好像一些被系住的蝴蝶，跟住赵三在后面跑。

一家棺材铺，红色的，白色的，门口摆了多多少少，他停在那里。孩子也停止追逐。

一切都准备好！棺材停在门前，掘坑的铲子停止翻扬了！

窗子打开，使死者见一见最后的阳光。王婆跳突着胸口，微微尚有一点呼吸，明亮的光线照拂着她素净的打扮。已经为她换上一件黑色棉裤和一件浅色短单衫。除了脸是紫色，临死她没有什么怪异的现象，人们吵嚷说：

"抬吧！抬她吧！"

她微微尚有一点呼吸，嘴里吐出一点点白沫，这时候她已经被抬起来了。外面平儿急叫：

"冯丫头来了！冯丫头！"

母女们相逢太迟了！母女们永远永远不会再相逢了！那个孩子手中提了小包袱，慢慢慢慢走到妈妈面前。她细看一看，她的脸孔快要接触到妈妈脸孔的时候，一阵清脆的爆裂的声浪嘶叫开来，她的小包袱滚滚着落地。

四围的人，眼睛和鼻子感到酸楚和湿浸。谁能止住被这小女孩唤起的难忍的酸痛而不哭呢？不相关联的人混同着女孩哭她的母亲。

其中新死去丈夫的寡妇哭得最厉害，也最哀伤。她几乎完全哭着自己的丈夫，她完全幻想是坐在她丈夫的坟前。

男人们嚷叫："抬呀！该抬了。收拾妥当再哭！"

那个小女孩感到不是自己家，身边没有一个亲人，她不哭了。

服毒的母亲眼睛始终是张着，但她不认识女儿，她什么也不认识了！停在厨房板块上，口吐白沫，她心坎尚有一点跳动。

赵三坐在炕沿，点上烟袋。女人们找一条白布给女孩包在头上，平儿把白带束在腰间。

赵三不在屋的时候，女人们便开始问那个女孩：

"你姓冯的那个爹爹多咱死的？"

"死两年多。"

"你亲爹呢？"

"早回山东了！"

"为什么不带你们回去？"

"他打娘，娘领着哥哥和我到了冯叔叔家。"

女人们探问王婆旧日的生活，她们为王婆感动。那个寡妇又说：

"你哥怎不来？回家去找他来看看娘吧！"

包白头的女孩，把头转向墙壁，小脸孔又爬着眼泪了！她努力咬住嘴唇，小嘴唇偏张开，她又张着嘴哭了！接受女人们的温情使她大胆一点，走到娘的近边，紧紧捏住娘的冰寒的手指，又用手给妈妈抹擦唇上的泡沫。小心恐怕为母亲所惊扰，她带来的包袱踏在脚下。女人们又说：

"家去找哥哥来看看你娘吧！"

一听说哥哥，她就要大哭，又勉强止住。那个寡妇又问：

"你哥哥不在家吗？"

她终于用白色的包头布拢络住脸孔大哭起来了。借了哭势，她才敢说哥哥：

"哥哥前天死了呀，官项捉去枪毙的。"

包头布从头上扯掉。孤独的孩子癫痫着一般用头摇着母亲的心窝哭：

"娘呀……娘呀……"

她再什么也不会哭诉，她还小呢！

女人们彼此说："哥哥多咱死的？怎么都没听…"

赵三的烟袋出现在门口，他听清楚她们议论王婆的儿子。赵三晓得那小子是个"红胡子"。怎样死的，王婆服毒不是听说儿子枪毙才自杀的吗？这只有赵三晓得。他不愿意叫别人知道，老婆自杀还关联着某个匪案，他觉得当土匪无论如何有些不光明。

摇起他的烟袋来，他僵直的空的声音响起，用烟袋催逼着女孩：

"你走好啦！她已死啦！没有什么看的，你快走回你家去！"

小女孩被爹爹抛弃，哥哥又被枪毙了，带来包袱和妈妈同住，妈妈又死了，妈妈不在，让她和谁生活呢？

她昏迷地忘掉包袱，只顶了一块白布，离开妈妈的门庭。离开妈妈的门庭，那有点像丢开她的心让她远走一般。

赵三因为他年老。他心中裁判着年青人：

"私妍妇人，有钱可以，无钱怎么也去妍？没见过。到过节，那个淫妇无法过节，使他去抢，年青人就这样丧掉性命。"

当他看到也要丧命的自己的老婆的时候，他非常仇恨那个枪毙的小子。当他想起去年冬天，王婆借来老洋炮的那回事，他又佩服人了：

"久当胡子哩！不受欺侮哩！"

妇人们燃柴，锅渐渐冒气。赵三燃着烟袋来回蹀走。过一会他看看王婆仍多多少少有一点气息，气息仍不断绝。他好像为了她的死等待得不耐烦似的，他困倦了，依着墙瞌睡。

长时间死的恐怖，人们不感到恐怖！人们集聚着吃饭，喝酒，这时候王婆在地下作出声音，看起来，她紫色的脸变成淡紫。人们放下杯子，说她又要活了吧？

不是那样，忽然从她的嘴角流出一些黑血，并且她的嘴唇有点像是起动，终于她大吼两声，人们瞪住眼睛说她就要断气了吧！

许多条视线围着她的时候，她活动着想要起来了！人们惊慌了！女人跑在窗外去了！男人跑去拿挑水的扁担。说她是死尸还魂。

喝过酒的赵三勇猛着：

"若让她起来，她会抱住小孩死去，或是抱住树，就是大人她也有力量抱住。"

赵三用他的大红手贪婪着把扁担压过去。扎实的刀一般的切在王婆的腰间。她的肚子和胸膛突然增涨，像是鱼泡似的。她立刻眼睛圆起来，像发着电光。她的黑嘴角也动了起来，好像说话，可是没有说话，血从口腔直喷，射了赵三的满单衫。赵三命令那个人：

"快轻一点压吧！弄得满身血。"

王婆就算连一点气息也没有了！她被装进待在门口的棺材里。

后村的庙前，两个村中无家可归的老头，一个打着红灯笼，一个手提水壶，领着平儿去报庙。绕庙走了三周，他们顺着毛毛的行人小道回来，老人念一套成谱调的话，红灯笼伴了孩子头上的白布，他们回家去。平儿一点也不哭，他只记住那年妈妈死的时候不也是这样报庙吗？

王婆的女儿却没能回来。

王婆的死信传遍全存，女人们坐在棺材边大大的哭起！扭着鼻涕，号啕着：哭孩子的，哭丈夫的，哭自己命苦的，总之，无管有什么冤屈都到这里来送了！村中一有年岁大的人死，她们，女人之群们，就这样做。

将送棺材上坟场！要钉棺材盖了！

王婆终于没有死，她感到寒凉，感到口渴，她轻轻说：

"我要喝水！"

但她不知道，她是睡在什么地方。

五月节了，家家门上挂起葫芦。二里半那个傻婆子屋里有孩子哭着，她却蹲在门口拿刷马的铁耙子给羊刷毛。

二里半跛着脚。过节，带给他的感觉非常愉快。他在白菜地里看见白菜被虫子吃倒几棵。若在平日他会用短句咒骂虫子，或是生气把白菜用脚踢着。但是现在过节了，他一切愉快着，他觉得自己是应该愉快。走在地边他看一看柿子还没红，他想摘几个柿子给孩子吃吧！过节了！

全村表示着过节，菜田和麦地，无管什么地方都是静静的，甜美的。虫子们也仿佛比平日会唱了些。

过节渲染着整个二里半的灵魂。他经过家门没有进去，把柿子扔给孩子又走了！他要趁着这样愉快的日子会一会朋友。

左近邻居的门上都挂了纸葫芦，他经过王婆家，那个门上摆荡着的是绿色的葫芦。再走，就是金枝家。金枝家，门外没有葫芦，门里没有人了！二里半张望好久：孩子的尿布在锅灶旁被风吹着，飘飘的在浮游。

小金枝来到人间才够一个月，就被爹爹摔死了。婴儿为什么来到这样的人间？使她带了怨悒回去！仅仅是这样短促呀！仅仅是几天的小生命！

小小的孩子睡在许多死人中，他不觉得害怕吗？妈妈走远了！妈妈啜泣声不见了！

天黑了！月亮也不来为孩子做伴。

五月节的前些日子，成业总是进城跑来跑去。家来和妻子吵打。他说：

"米价落了！三月里买的米现在卖出去折本一小半。卖了还债也不足，不卖又怎能过节？"

并且他渐渐不爱小金枝，当孩子夜里把他吵醒的时候，他说：

"拼命吧！闹死吧！"

过节的前一天，他家什么也没预备，连一斤面粉也没买。烧饭的时候豆油罐子什么也倒流不出。

成业带着怒气回家，看一看还没烧菜。他厉声嚷叫：

"啊！像我……该饿死啦，连饭也没得吃……我进城……我进城。"

孩子在金枝怀中吃奶。他又说：

"我还有好的日子吗？你们累得我，使我做强盗都没有机会。"

金枝垂了头把饭摆好，孩子在旁边哭。

成业看着桌上的咸菜和粥饭，他想了一刻又不住的说起：

"哭吧！败家鬼，我卖掉你去还债！"

孩子仍哭着，妈妈在厨房里，不知是扫地，还是收拾柴堆。爹爹发火了：

"把你们都一块卖掉，要你们这些吵家鬼有什么用……"

厨房里的妈妈和火柴一般被燃着：

"你像个什么？回来吵打，我不是你的冤家，你会卖掉，看你卖吧！"

爹爹飞着饭碗！妈妈暴跳起来。

"我卖，我摔死她吧！……我卖什么！"

就这样小生命被截止了！

王婆听说金枝的孩子死，她要来看看，可是她只扶了杖子立起又倒卧下来。她的腿骨被毒质所侵还不能行走。

　　年青的妈妈过了三天她到乱坟岗子去看孩子。但那能看到什么呢？被狗扯得什么也没有。

　　成业他看到一堆草染了血，他幻想是捆小金枝的草吧！他俩背向着流过眼泪。

　　乱坟岗子不知晒干多少悲惨的眼泪？永年悲惨的地带，连个乌鸦也不落下。

　　成业又看见一个坟窟，头骨在那里重见天日。

　　走出坟场，一些棺材，坟堆，死寂死寂的印象催迫着他们加快着步子。

八、蚊虫繁忙着

　　她的女儿来了！王婆的女儿来了！

　　王婆能够拿着鱼竿坐在河沿钓鱼了！她脸上的纹摺没有什么增多或减少，这证明她依然没有什么变动，她还必须活下去。

　　晚间河边蛙声震耳。蚊子从河边的草丛出发，嗡声喧闹的队伍，迷漫着每个家庭。日间太阳也炎热起来！太阳烧上人们的皮肤，夏天、田庄上人们怨恨太阳和怨恨一个恶毒的暴力者一般。全个田间，一个大火球在那里滚转。

　　但是王婆永久欢迎夏天。因为夏天有肥绿的叶子，肥的园林，更有夏夜会唤起王婆诗意的心田，她该开始向着夏夜述说故事。今夏她什么也不说了！她偎在窗下和睡了似的，对向幽邃的天空。

　　蛙鸣震碎人人的寂寞；蚊虫骚扰着不能停息。

　　这相同平常的六月，这又是去年割麦的时节。王婆家今年没种麦田。她更忧伤而消默了！当举着钓竿经过作浪的麦田时，她把竿头的绳线绕起来，她仰了头，望着高空，就这样睬也不睬地经过麦田。

王婆的性情更恶劣了！她又酗酒起来。她每天钓鱼。全家人的衣服她不补洗，她只每夜烧鱼，吃酒，吃得醉疯疯地，满院，满屋她旋走；她渐渐要到树林里去旋走。

有时在酒杯中她想起从前的丈夫；她痛心看见来在身边孤独的女儿，总之在喝酒以后她更爱烦想。

现在她近于可笑，和石块一般沉在院心，夜里她习惯于在院中睡觉。

在院中睡觉被蚊虫围绕着，正像蚂蚁群拖着已腐的苍蝇。她是再也没有心情了吧！再也没有心情生活！

王婆被蚊虫所食，满脸起着云片，皮肤肿起来。

王婆在酒杯中也回想着女儿初来的那天，女儿横在王婆怀中：

"妈呀！我想你是死了！你的嘴吐着白沫，你的手指都凉了呀！……哥哥死了，妈妈也死了，让我到那里去讨饭吃呀！……他们把我赶出时，带来的包袱都忘了啦，我哭……哭昏啦……妈妈，他们坏心肠，他们不叫我多看你一刻……"

后来孩子从妈妈怀中站起来时，她说出更有意义的话：

"我恨死他们了！若是哥哥活着，我一定告诉哥哥把他打死。"

最后那个女孩，拭干眼泪说：

"我必定要像哥哥，……"

说完她咬一下嘴唇。

王婆思想着女孩怎么会这样烈性呢？或者是个中用的孩子？

王婆忽然停止酗酒，她每夜，开始在林中教训女儿，在静的林里，她严峻地说：

"要报仇。要为哥哥报仇，谁杀死你的哥哥？"

女孩子想："官项杀死哥哥的。"她又听妈妈说：

"谁杀死哥哥，你要杀死谁，……"

女孩子想过十几天以后，她向妈妈踌躇着：

"是谁杀死哥哥？妈妈明天领我去进城，找到那个仇人，等后来什么时候遇见他我好杀死他。"

孩子说了孩子话，使妈妈笑了！使妈妈心痛。

王婆同赵三吵架的那天晚上，南河的河水涨出了河床。南河沿嚷着：

"涨大水啦！涨大水啦！"

人们来往在河边，赵三在家里也嚷着：

"你快叫她走，她不是我家的孩子，你的崽子我不招留。快……"

第二天家家的麦子送上麦场。第一场割麦，人们要吃一顿酒来庆祝。赵三第一年不种麦，他家是静悄悄的。有人来请他，他坐到别人欢说的酒桌前，看见别人欢说，看见别人收麦，他红色的大手在人前窘迫着了！不住的胡乱的扭搅，可是没有人注意他，种麦人和种麦人彼此谈话。

河水落了却带来众多的蚊虫。夜里蛤蟆的叫声，好像被蚊子的嗡嗡压住似的。日间蚊群也是忙着飞。只有赵三非常哑默。

九、传染病

乱坟岗子，死尸狼藉在那里。无人掩埋，野狗活跃在尸群里。

太阳血一般昏红；从朝至暮蚊虫混同着蒙雾充塞天空。高粱，玉米和一切菜类被人丢弃在田圃，每个家庭是病的家庭。是将要绝灭的家庭。

全村静悄了。植物也没有风摇动它们。一切沉浸在雾中。

赵三坐在南地端出卖五把新镰刀。那是组织"镰刀会"时剩下的。他正看着那伤心的遗留物，村中的老太太来问他：

"我说…天象，这是什么天象？要天崩地陷了。老天爷叫人全死吗？嗳……"

老太婆离去赵三，曲背立即消失在雾中，她的语声也像隔远了似的：

"天要灭人呀！……老天早该灭人啦！人世尽是强盗，打仗，杀害，这是人自己招的罪……"

渐渐远了！远处听见一个驴子在号叫，驴子号叫在山坡吗？

驴子号叫在河沟吗？

什么也看不见，只能听闻：那是，二里半的女人作嘎的不愉悦的声音来近赵三。赵三为着镰刀所烦恼，他坐在雾中，他用烦恼的心思在忌恨镰刀。他想：

"青牛是卖掉了！麦田没能种起来。"

那个婆子向他说话，但他没有注意到。那个婆子被脚下的土块跌倒，她起来时慌张着，在雾层中看不清她怎样张惶。她的音波织起了网状的波纹，和老大的蚊音一般：

"三哥，还坐在这里！家怕是有'鬼子'来了，就连小孩子，'鬼子'也要给打针。你看我把孩子抱出来，就是孩子病死也甘心，打针可不甘心。"

麻面婆离开赵三去了！抱着她未死的、连哭也不会哭的孩子沉没在雾中。

太阳变成暗红色的放大而无光的圆轮，当在人头。昏茫的村庄埋着天然灾难的种子，渐渐种子在滋生。

传染病和放大的太阳一般勃发起来，茂盛起来！

赵三踏着死蛤蟆走路；人们抬着棺材在他身边暂时现露而滑过去！一个歪斜面孔的小脚女人跟在后面，她小小的声音哭着。又听到驴子叫，不一会驴子闪过去，背上驮着一个重病的老人。

西洋人，人们叫他"洋鬼子"，身穿白外套，第二天雾退时，白衣人来到赵三的窗外，他嘴上挂着白囊，说起难懂的中国话：

"你的，病人的有？我的治病好，来。快快的。"

那个老的胖一些的，动一动胡子，眼睛胖得和猪眼一般，把头探着窗子望。

赵三着慌说没有病人，可是终于给平儿打针了！

"老鬼子"向那个"小鬼子"说话，嘴上的白囊一动一动的。管子，药瓶和亮刀从提包倾出，赵三去井边提一壶冷水。那个"鬼子"开始擦他通孔的玻璃管。

平儿被停在窗前的一块板上，用白布给他蒙住眼睛。隔院的人们都来看着，因为要晓得"鬼子"怎样治病，"鬼子"治病究竟怎样可怕。

玻璃管从肚脐下一寸的地方插下，五寸长的玻璃管只有半段在肚皮外闪光。于是人们捉紧孩子，使他仰卧不得摇动。"鬼子"开始一个人提起冷水壶，另一个对准那个长长的橡皮管顶端的漏水器。看起来"鬼子"像修理一架机器。四面围观的人好像有叹气的，好像大家一起在缩肩膀。孩子只是作出"呀！呀"的短叫，很快一壶水灌完了！最后在滚涨的肚子上擦一点黄色药水，用小剪子剪一块白绵贴在破口。就这样白衣"鬼子"提了包轻便的走了！又到别人家去。

又是一天晴朗的日子，传染病患到绝顶的时候！女人们抱着半死的小孩子，女人们始终惧怕打针，惧怕白衣的"鬼子"用水壶向小孩子肚里灌水。她们不忍看那肿涨起来奇怪的肚子。

恶劣的传闻布遍着。

"李家的全家死了！""城里派人来检查，有病象的都用车子拉进城去，老太婆也拉，孩子也拉，拉去打药针。"

人死了听不见哭声，静悄地抬着草捆或是棺材向着乱坟岗子走去，接接连连的，不断……

过午二里半的婆子把小孩送到乱坟岗子去！她看到别的几个小孩有的头发蒙住白脸，有的被野狗拖断了四肢，也有几个好好的睡在那里。

野狗在远的地方安然的嚼着碎骨发响。狗感到满足，狗不再为着追求食物而疯狂，也不再猎取活人。

平儿整夜呕着黄色的水，绿色的水，白眼珠满织着红色的丝纹。

赵三喃喃着走出家门，虽然全村的人死了不少，虽然庄稼在那里衰败，镰刀他却总想出卖，镰刀放在家里永久刺着他的心。

十、十年

十年前村中的山，山下的小河，而今依旧似十年前，河水静静的在流，山坡随着季节而更换衣裳；大片的村庄生死轮回着和十年前一样。

屋顶的麻雀仍是那样繁多。太阳也照样暖和。山下有牧童在唱童谣，那是十年前的旧调："秋夜长，秋风凉，谁家的孩儿没有娘，谁家的孩儿没有娘，……月亮满西窗。"

什么都和十年前一样，王婆也似没有改变，只是平儿长大了！平儿和罗圈腿都是大人了！

王婆被凉风飞着头发，在篱墙外远听从山坡传来的童谣。

十一、年盘转动了

雪天里，村人们永没见过的旗子飘扬起，升上天空！

全村寂静下去，只有日本旗子在山岗临时军营门前，振荡地响着。

村人们在想：这是什么年月？中华国改了国号吗？

十二、黑色的舌头

宣传"王道"的旗子来了！带着尘烟和骚闹来的。

宽宏的树夹道；汽车闹嚣着了！

田间无际限的浅苗湛着青色。但这不再是静穆的村庄，人们已经失去了心的平衡。草地上汽车突起着飞尘跑过，一些红色绿色的纸片播着种子一般落下来。小茅房屋顶有花色的纸片在起落。附近大道旁的枝头挂住纸片，在飞舞嘶鸣。从城里出发的汽车又追踪着驰来。车上站着威风飘扬的日本人，高丽人，也站着扬威的中国人。车轮突飞的时候，车上每人手中的旗子摆摆有声，车上的人好像生了翅膀齐飞过去。那一些举着日本旗子作出媚笑杂样的人，消失在道口。

那一些"王道"的书篇飞到山腰去，河边去⋯⋯

王婆立在门前，二里半的山羊垂下它的胡子。老羊轻轻走过正在繁茂的树下。山羊不再寻什么食物，它困倦了！它过于老，全身变成土一般地毛色。它的眼睛模糊好像垂泪似的。山羊完全幽默和可怜起来；拂摆着长胡子走向洼地。

对着前面的洼地，对着山羊，王婆追踪过去痛苦的日子。她想把那些日子捉回，因为今日的日子还不如昨日。洼地没人种，上岗那些往日的麦田荒乱在那里。她在伤心的追想。

日本飞机拖起狂大的嗡鸣飞过，接着天空翻飞着纸片。一张纸片落在王婆头顶的树枝，她取下看了看丢在脚下。飞机又过去时留下更多的纸片。她不再理睬一下那些纸片，丢在脚下来复的乱踏。

过了一会，金枝的母亲经过王婆，她手中提住两只公鸡，她问王婆说：

"日子算是没法过了！可怎么过？就剩两只鸡，还得快快去卖掉！"

王婆问她："你进城去卖吗？"

"不进城谁家肯买？全村也没有几只鸡了！"

她向王婆耳语了一阵：

"日本子恶得很！村子里的姑娘都跑空了！年青的媳妇也是一样。我听说王家屯一个十三岁的小丫头叫日本子弄去了！半夜三更弄走的。"

"歇一歇腿再走吧！"王婆说。

她俩坐在树下。大地上的虫子并不鸣叫，只是她俩惨淡而忧伤的谈着。

公鸡在手下不时振动着膀子。太阳有点正中了！树影做成圆形。

村中添设出异样的风光，日本旗子，日本兵。人们开始讲究这一些："王道"啦！日"满"亲善啦！快有"真龙天子"啦！

在"王道"之下，村中的废田多起来，人们在广场上忧郁着徘徊。

那老婆说到最后：

"我这些年来，都是养鸡，如今连个鸡毛也不能留，连个'啼明'的公鸡也不让留下。这是什么年头？……"

她震动一下袖子，有点癫狂似的，她立起来，踏过前面一块不耕的废田，废田患着病似的，短草在那婆婆的脚下不愉快的没有弹力的被踏过。

走得很远，仍可辨出两只公鸡是用那个挂下的手提着，另外一只手在面部不住的抹擦。

王婆睡下的时候，她听见远处好像有女人尖叫。打开窗子听一听……

再听一会警笛嚣叫起来，枪鸣起来，远处的人家闯入什么魔鬼了吗？

"你家有人没有？"

当夜日本兵，中国警察搜遍全村。这是搜到王婆家。她回答：

"有什么人？没有。"

他们掩住鼻子在屋中转了一个弯出去了。手电灯发青的光线乱闪着，临走出门栏，一个日本兵在铜帽子下面说中国话：

"也带走她。"

王婆完全听见他说的是什么：

"怎么也带女人吗？"她想，"女人也要捉去枪毙吗？"

"谁稀罕她，一个老婆子！"那个中国警察说。

中国人都笑了！日本人也瞎笑。可是他们不晓得这话是什么意思，别人笑，他们也笑。

真的，不知他们牵了谁家的女人，曲背和猪一般被他们牵走。在稀薄乱动的手电灯绿色的光线里面，分辨不出这女人是谁！

还没走出栏门，他们就调笑那个女人。并且由王婆看见那个日本"铜帽子"的手在女人的屁股上急忙的爬了一下。

十三、你要死灭吗？

王婆以为又是假装搜查到村中捉女人，于是她不想到什么恶劣的事情上去，安然的睡了！赵三那老头子也非常老了！他回来没有惊动谁也睡了！

过了夜，日本宪兵在门外轻轻敲门，走进来的，看样像个中国人，他的长靴染了湿淋淋的露水，从口袋取出手巾，摆出泰然的样子坐在炕沿慢慢擦他的靴子，访问就在这时开始：

"你家昨夜没有人来过？不要紧。你要说实话。"

赵三刚起来，意识有点不清，不晓得这是什么事情发生。于是那个宪兵把手中的帽子用力抖了一下，不是柔和而不在意的态度了："混蛋！你怎么不知道？等带去你就知道了！"

说了这样话并没带他去。王婆一面在扣衣纽一面抢说：

"问的是什么人？昨夜来过几个'老总'，搜查没有什么就走了！"

那个军官样的把态度完全是对着王婆，用一种亲昵的声音问：

"老太太请告诉吧！有赏哩！"

王婆的样子仍是没有改变。那人又说：

"我们是捉胡子，有胡子乡民也是同样受害，你没见着昨天汽车来到村子宣传'王道'吗？'王道'叫人诚实。老太太说了吧！有赏呢？"

王婆面对着窗子照上来的红日影，她说：

"我不知道这回事。"

那个军官又想大叫，可是停住了，他的嘴唇困难的又动几下：

"'满洲国'要把害民的胡子扫清，知道胡子不去报告，查出来枪毙！"这时那个长靴人用斜眼神侮辱赵三一下。接着他再不说什么，等待答复，终于他什么也没得到答复。

还不到中午，乱坟岗子多了三个死尸，其中一个是女尸。

人们都知道那个女尸，就是在北村一个寡妇家搜出的那个"女学生"。

赵三听得别人说"女学生"是什么"党"。但是他不晓得什么"党"做什么解释。当夜在喝酒以后把这一切告诉了王婆，他也不知道那"女学生"倒有什么密事，到底为什么才死？他只感到不许传说的事情神秘，他也必定要说。

王婆她十分不愿意听，因为这件事发生，她担心她的女儿，她怕是女儿的命运和那个"女学生"一般样。

赵三的胡子白了！也更稀疏，喝过酒，脸更是发红，他任意把自己摊散在炕角。

平儿担了大捆的绿草回来，晒干可以成柴，在院心他把绿草铺平。进屋他不立刻吃饭，透汗的短衫脱在身边，他好像愤怒似的，用力来抬响他多肉的肩头，嘴里长长的吐着呼吸。过了长时间爹爹说：

"你们年青人应该有些胆量。这不是叫人死吗？亡国了！麦地不能种了，鸡犬也要死净。"

老头子说话像吵架一般。王婆给平儿缝汗衫上的大口，她感动了，想到亡国，把汗衫缝错了！她把两个袖口完全缝住。

赵三和一个老牛般样，年青时的气力全都消灭，只回想"镰刀会"，又告诉平儿：

"那时候你还小着哩！我和李青山他们弄了个'镰刀会'。勇得很！可是我受了打击，那一次使我碰壁了，你娘去借只洋炮来，谁知道没有用洋炮，就是一条棍子出了人命，从那时起就倒霉了！一年不如一年活到如今。"

"狗，到底不是狼，你爹从出事以后，对'镰刀会'就没趣了！青牛就是那年卖的。"

她这样抢白着，使赵三感到羞耻和愤恨。同时自己为什么当时就那样卑小？心脏发燃了一刻，他说着使自己满意的话。

"这下子东家也不东家了！有日本子，东家也不好干什么！"

他为着轻松充血的身子，他向树林那面去散步，那儿有树林，林梢在青色的天边图出美调的和舒卷着的云一般的弧线。青的天幕在前面直垂下来，曲卷的树梢花边般地嵌上天幕。田间往日的蝶儿在飞，一切野花还不曾开。小草房一座一座的摊落着，有的留下残墙在晒阳光，有的也许是被炸弹带走了屋盖。房身整整齐齐地摆在那里。

赵三阔大开胸膛，他呼吸田间透明的空气。他不愿意走了，停脚在一片荒芜的、过去的麦地旁。就这样不多一时，他又感到烦恼，因为他想起往日自己的麦田而今丧尽在炮火下，在日本兵的足下必定不能够再长起来，他带着麦田的忧伤又走过一片瓜田，瓜田也不见了种瓜的人，瓜田尽被一些蒿草充塞。去年看守瓜地小房，依然存在；赵三倒在小房下的短草梢头。他欲睡了！朦胧中看见一些"高丽"人从大树林穿过。视线从地平面直发过去，那一些"高丽"人仿佛是走在天边。

假如没有乱插在地面的家屋，那么赵三觉得自己是躺在天边了！

阳光迷住他的眼睛，使他不能再远看了！听得见村狗在远方无聊的吠叫。

如此荒凉的旷野，野狗也不到这里巡行。独有酒烧胸膛的赵三到这里巡行，但是他无有目的，任意足尖踏到什么地点，走过无数秃田，他觉得过于可惜，点一点头，摆一摆手，不住的叹着气走回家去。

村中的寡妇多起来，前面是三个寡妇，其中的一个尚拉着她的孩子走。

红脸的老赵三走近家门又转弯了！他是那样信步而无主地走！忧伤在前面招示他，忽然间一个大凹洞，踏下脚去。他未曾注意这个，好像他一心要完成长途似的，继续前进。那里更有炸弹的洞穴，但不能阻碍他的去路，因为喝酒，壮年的血气鼓动他。

在一间破房子里，一只母猫正在哺乳一群小猫。他不愿看这些，他更走，没有一个熟人与他遇见。直到天西烧红着云彩，他滴血的心，垂泪的眼睛竟来到死去的年青时伙伴们的坟上，不带酒祭奠他们，只是无话坐在朋友们之前。

亡国后的老赵三，蓦然念起那些死去的英勇的伙伴！留下活着的老的，只有悲愤而不能走险了，老赵三不能走险了！

那是个繁星的夜，李青山发着疯了！他的哑喉咙，使他讲话带着神秘而紧张的声色。这是第一次他们大型的集会。在赵三家里，他们像在举行什么盛大的典礼，庄严与静肃。人们感到缺乏空气一般，人们连鼻子也没有一个作响。屋子不燃灯，人们的眼睛和夜里的猫眼一般，闪闪有粼光而发绿。

王婆的尖脚，不住的踏在窗外，她安静的手下提了一只破洋灯罩，她时时准备着把玻璃灯罩摔碎。她是个守夜的老鼠，时时防备猫来。她到篱笆外绕走一趟，站在篱笆外听一听他们的谈论高低，有没有危险性？手中的灯罩她时刻不能忘记。

屋中李青山固执而且浊重的声音继续下去：

"在这半月里，我才真知道人民革命军真是不行，要干人民革命军那就必得倒霉，他们尽是些'洋学生'，上马还得用人抬上去。他们嘴里就会狂喊'退却'。二十八日那夜外面下小雨，我们十个同志正吃饭，饭碗被炸碎了哩！派两个出去寻炸弹的来路。大家来想一想，两个'洋学生'跑出去，唉！丧气，被敌人追着连帽子都跑丢了，'学生'们常常给敌人打死。……"

罗圈腿插嘴了："革命军还不如红胡子有用？"

月光照进窗来太暗了！当时没有人能发现罗圈腿发问时是个

什么奇怪的神情。

李青山又在开始：

"革命军纪律可真厉害，你们懂吗？什么叫纪律？那就是规矩。规矩大紧，我们也受不了。比方吧：屯子里年青青的姑娘望着不准去……哈哈！我吃了一回苦，同志打了我十下枪柄哩！"

他说到这里，自己停下笑起来，但是没敢大声。他继续下去。

二里半对于这些事情始终是缺乏兴致，他在一边瞌睡，老赵三用他的烟袋锅撞一下在睡的缺乏政治思想的二里半，并且赵三大不满意起来：

"听着呀！听着，这是什么年头还睡觉？"

王婆的尖脚乱踏着地面作响一阵，人们听一听，没听到灯罩的响声，知道日本兵没有来，同时人民感到严重的气氛。李青山的计划庄重着发表。

李青山是个农人，尚分不清该怎样把事弄起来，只说着：

"屯子里的小伙子招集起来，起来救国吧！革命军那一群'学生'是不行。只有红胡子才有胆量。"

老赵三他的烟袋没有燃着，丢在炕上，急快的拍一下手他说：

"对！招集小伙子们，起名也叫革命军。"

其实赵三完全不能明白，因为他还不曾听说什么叫作革命军，他无由得到安慰，他的大手掌快乐的不停的捋着胡子。对于赵三这完全和十年前组织"镰刀会"同样兴致，也是暗室，也是静悄悄的讲话。

老赵三快乐得终夜不能睡觉，大手掌翻了个终夜。

同时站在二里半的墙外可以数清他鼾声的拍子。

乡间，日本人的毒手努力毒化农民，就说要恢复"大清国"，要做"忠臣"，"孝子"，"节妇"；可是另一方面，正相反的势力也增长着。

天一黑下来就有人越墙藏在王婆家中，那个黑胡子的人每夜来，成为王婆的熟人。在王婆家吃夜饭，那人向她说：

"你的女儿能干得很，背着步枪爬山爬得快呢！可是……已经……"

平儿蹲在炕下，他吸爹爹的烟袋。轻微的一点妒嫉横过心面。他有意弄响烟袋在门扇上，他走出去了。外面是阴沉全黑的夜，他在黑色中消灭了自己。等他忧悒着转回来时，王婆已是在垂泪的境况。

那夜老赵三回来得很晚，那是因为他逢人便讲亡国，救国，义勇军，革命军，……这一些出奇的字眼，所以弄得回来这样晚。快鸡叫的时候了！赵三的家没有鸡，全村听不见往日的鸡鸣。只有褪色的月光在窗上，"三星"不见了，知道天快明了。

他把儿子从梦中唤醒，他告诉他得意的宣传工作：东村那个寡妇怎样把孩子送回娘家预备去投义勇军。小伙子们怎样准备集合。老头子好像已在衙门里做了官员一样，摇摇摆摆着他讲话时的姿势，摇摇摆摆着他自己的心情，他整个的灵魂在阔步！

稍微沉静一刻，他问平儿：

"那个人来了没有？那个黑胡子的人？"

平儿仍回到睡中，爹爹正鼓动着生力，他却睡了！爹爹的话在他耳边，像蚊虫嗡叫一般的无意义。赵三立刻动怒起来，他觉得他光荣的事业，不能有人承受下去，感到养了这样的儿子没用，他失望。

王婆一点声息也不作出，像是在睡般地。

明朝，黑胡子的人忽然走来，王婆又问他：

"那孩子死的时候，你到底是亲眼看见她没有？"

他弄着骗术一般：

"老太太你怎么还不明白？不是老早就对你讲么？死了就死了吧！革命就不怕死，那是露脸的死啊……比当日本狗的奴隶活着强得多哪！"

王婆常常听他们这一类人说"死"说"活"……她也想死是应该，于是安静下去，用她昨夜为着泪水所侵蚀的眼睛观察那熟人急转的面孔。终于她接受了！那人从囊中取出来的所有小本子，和像黑点一般的小字充满在上面的零散的纸张，她全接受了！另外还有发亮的小枪一只也递给王婆。那个人急忙着要走，这时王婆又不自禁问：

"她也是枪打死的吗？"

那人开门急走出去了！因为急走，那人没有注意到王婆。

王婆往日里，她不知恐怖，常常把那一些别人带来的小本子放在厨房里。有时她竟丢在席子下面。今天她却减少了胆量，她想那些东西若被搜查着，日本兵的刺刀会刺通了自己。她好像觉着自己的遭遇要和女儿一样似的，尤其是手掌里的小枪。她被恫吓着慢慢颤栗起来。女儿也一定被同样的枪杀死。她终止了想，她知道当前的事开始紧急。

赵三仓惶着脸回来，王婆没有理他走向后面柴堆那儿。柴草不似每年，那是燃空了！在一片平地上稀疏的生着马蛇菜。她开始掘地洞；听村狗在狂咬，她有些心慌意乱，把镰刀头插进土去无力拔出。她好像要倒落一般，全身受着什么压迫要把肉体解散了一般。过了一刻难忍昏迷的时间，她跑去呼唤她的老同伴。可是当走到房门又急转回来，她想起别人的训告：

——重要的事情谁也不能告诉，两口子也不能告诉。

那个黑胡子的人，向她说过的话也使她回想了一遍：

——你不要叫赵三知道，那老头子说不定和孩子似的。

等她埋好之后，日本兵继续来过十几个。多半只戴了铜帽，连长靴都没穿就来了。

人们知道他们又是在弄女人。

王婆什么观察力也失去了！不自觉地退缩在赵三的背后，就连那永久带着笑脸，常来王婆家搜查的日本官长，她也不认识了。临走时那人向王婆说"再见"，她直直迟疑着而不回答一声。

"拔"——"拔"，就是出发的意思，老婆们给男人在搜集衣裳或是鞋袜。

李青山派人到每家去寻个公鸡，没得寻到，有人提议把二里半的老山羊杀了吧！山羊正走在李青山的门前，或者是歇凉，或者是它走不动了！它的一只独角塞进篱墙的缝隙，小伙子们去抬它，但是无法把独角弄出。

二里半从门口经过，山羊就跟在后面回家去了！二里半说：

"你们要杀就杀吧！早晚还不是给日本子留着吗！"

李二婶子在一边说：

"日本子可不要它，老得不成样。"

二里半说："日本子可不要它，老也老死了！"

人们宣誓的日子到了！没有寻到公鸡，决定拿老山羊来代替。小伙子们把山羊抬着，在杆上四脚倒挂下去，山羊不住哀叫。二里半可笑的悲哀的形色跟着山羊走来，他的跛脚仿佛是一步一步把地面踏陷。波浪状的行走，愈走愈快！他的老婆疯狂的想把他拖回去，然而不能做到，二里半惶惶的走了一路。山羊被抬过一个山腰的小曲道。山羊被升上院心铺好红布的方桌。

东村的寡妇也来了！她在桌前跪下祷告了一阵，又到桌前点着两只红蜡烛，蜡烛一点着，二里半知道快要杀羊了。

院心除了老赵三，那尽是一些年青小伙子在走、转。他们祖胸露背，强壮而且凶横。

赵三总是向那个东村的寡妇说，他一看见她便宣传她。他一遇见事情，就不像往日那样贪婪吸他的烟袋。说话表示出庄严，连胡子也不动荡一下：

"救国的日子就要来到。有血气的人不肯当亡国奴，甘愿做日本刺刀下的屈死鬼。"

赵三只知道自己是中国人。无论别人对他讲解了多少遍，他总不能明白他在中国人中是站在怎样的阶级。虽然这样，老赵三也是非常进步，他可以代表整个村人在进步着，那就是他从前不晓得什么叫国家，从前也许忘掉了自己是那国的国民！

他不开言了！静站在院心，等待宏壮悲愤的典礼来临。

来到三十多人，带来重压的大会，可真的触到赵三了！使他的胡子也感到非常重要而不可搓碰一下。

四月里晴朗的天空从山脊流照下来，房周的大树群在正午垂曲的立在太阳下。畅明的天光与人们共同宣誓。

寡妇们和亡家的独身汉在李青山喊过口号之后，完全用膝头曲倒在天光之下。羊的脊背流过天光，桌前的大红蜡烛在沉默的人头前面燃烧。李青山的大个子直立在桌前："弟兄们！今天是什么日子！知道吗？今天……我们去敢死……决定了……就是把我们的脑袋挂满了整个村子所有的树梢也情愿，是不是啊？……是不是……？弟兄们……？"

回声先从寡妇们传出："是呀！千刀万剐也愿意！"

哭声刺心一般痛，哭声方锥一般落进每个人的胸膛。一阵强烈的悲酸掠过低垂的人头，苍苍然蓝天欲坠了！

老赵三立到桌子前面，他不发声，先流泪：

"国……国亡了！我……我也……老了！你们还年青，你们去救国吧！我这许老骨头再……再也不中用了！我是个老亡国奴，我不会眼见你们把日本的旗撕碎，等着我埋在坟里……也要把中国旗子插在坟头，我是中国人……我要中国旗子，我不要当亡国奴，生是中国人，死是中国鬼……不……不是亡……亡国奴……"

浓重不可分解的悲酸，使树叶垂头。赵三在红蜡烛前用力鼓了桌子两下，人们一起哭向苍天了！人们一起向苍天哭泣。大群的人起着号啕!

　　就是这样把一只匣枪装好子弹摆在众人前面。每人走到那枪口就跪倒下去"盟誓":

　　"若是心不诚,天杀我,枪杀我,枪子是有灵有圣有眼睛的啊!"

　　寡妇们也是盟誓。也是把枪口对准心窝说话。只有二里半在人们宣誓之后快要杀羊时他才回来。从什么地方他捉一只公鸡来!只有他没曾宣誓,对于国亡,他似乎没有什么伤心,他领着山羊,就回家去。

　　别人的眼睛,尤其是老赵三的眼睛在骂他:

　　"你个老跛脚的东西,你,你不想活吗?……"

十四、到都市里去

临行的前夜，金枝在水缸沿上磨剪刀，而后用剪刀撕破死孩子的尿布。年青的寡妇是住在妈妈家里。

"你明天一定走吗？"

睡在身边的妈妈被灯光照醒，带着无限怜惜，在已决定的命运中求得安慰似的。

"我不走，过两天再走。"金枝答她。

又过了不多时候老太太醒来，她再不能睡，当她看见女儿不在身边而在地心洗涤什么的时候，她坐起来问着：

"你是明天走吗？再住三两天不能够吧！"

金枝在夜里收拾东西，母亲知道她是要走。金枝说：

"娘，我走两天，就回来，娘……不要着急！"

老太太像在摸索什么，不再发声音。

太阳很高很高了，金枝尚偎在病母亲的身边，母亲说：

"要走吗？金枝！走就走吧！去赚些钱吧！娘不阻碍你。"

母亲的声音有些惨然：

"可是要学好，不许跟别人学，不许和男人打交道。"

女人们再也不怨恨丈夫。她向娘哭着：

"这不都是小日本子吗？挨千刀的小日本子！不走等死吗？"

金枝听老人讲，女人独行路要扮个老相，或丑相，束上一条腰带，她把油罐子挂在身边，盛米的小桶也挂在腰带上，包着针线和一些碎布的小包袱塞进米桶去，装做讨饭的老婆，用灰尘把脸涂得很脏并有条纹。

临走时妈妈把自己耳上的银环摘下，并且说：

"你把这个带去吧！放在包袱里，别叫人给你抢去，娘一个钱也没有，若肚饿时，你就去卖掉，买个干粮吃吧！"走出门去还听母亲说："遇见日本子，你快伏在蒿子下。"

金枝走得很远，走下斜坡，但是娘的话仍是那样在耳边反复："买个干粮吃。"她心中乱乱的幻想，她不知走了多远，她像从家向外逃跑一般，速步而不回头。小道也尽生着短草，即便是短草也障碍金枝赶路的脚。

日本兵坐着马车，口里吸烟，从大道跑过。金枝有点颤抖了！她想起母亲的话，很快躺在小道旁的蒿子里。日本兵走过，她心跳着站起，她四面惶惶在望：母亲在那里？家乡离开她很远，前面又来到一个生疏的村子，使她感觉到走过无数人间。

红日快要落过天边去，人影横倒地面杆子一般瘦长。踏过去一条小河桥，再没有多少路途了！

哈尔滨城渺茫中有工厂的烟囱插入云天。

金枝在河边喝水，她回头望向家乡，家乡遥远而不可见。只是高高的山头，山下分辨不清是烟是树，母亲就在烟树荫中。

她对于家乡的山是那般难舍，心脏在胸中飞起了！金枝感到自己的心已被摘掉不知抛向何处！她不愿走了，强行走过河桥又转入小道。前面哈尔滨城在招示她，背后家山向她送别。

小道不生蒿草，日本兵来时，让她躲身到地缝中去吗？她四面寻找，为了心脏不能平衡，脸面过量的流汗，她终于被日本兵寻到。

"你的……站住。"

金枝好比中了枪弹，滚下小沟去，日本兵走近，看一看她脏汗的样子。他们和肥鸭一般，嘴里发响摆动着身子，没有理她走过去了！他们走了许久许久，她仍没起来，以后她哭着，木桶扬翻在那里，小包袱从木桶滚出。她重新走起时，身影在地面越瘦越长起来，和细线似的。

金枝在夜的哈尔滨城，睡在一条小街阴沟板上。那条街是小工人和洋车夫们的街道。有小饭馆，有最下等的妓女，妓女们的大红裤子时时在小土房的门前出现。闲散的人，做出特别姿态，慢慢和大红裤子们说笑，后来走进小房去，过一会又走出来。但没有一个人理会破乱的金枝，她好像一个垃圾桶，好像一个病狗似的堆偎在那里。

这条街连警察也没有，讨饭的老婆和小饭馆的伙计吵架。

满天星火，但那都疏远了！那是与金枝绝缘的物体。半夜过后金枝身边来了一条小狗，也许小狗是个受难的小狗？这流浪的狗钻进木桶去睡。金枝醒来仍没出太阳，天空许多星充塞着。

许多街头流浪人，尚挤在饭馆门前，等候着最后的施舍。

金枝腿骨断了一般酸痛，不敢站起。最后她也挤进要饭人堆去，等了好久，伙计不见送饭出来，四月里露天睡觉打着透心的寒颤。别人看她的时候，她觉得这个样子难看，忍了饿又来在原处。

夜的街头，这是怎样的人间？金枝小声喊着娘，身体在阴沟板上不住的抽拍。绝望着，哭着，但是她和木桶里在睡的小狗一般同样不被人注意，人间好像没有他们存在。天明，她不觉得饿，只是空虚，她的头脑空空尽尽了！在街树下，一个缝补的婆子，她遇见对面去问：

"我是新来的，新从乡下来的……"

看她作窘的样子那个缝婆没理她，面色在清凉的早晨发着淡白走去。

卷尾的小狗偎依着木桶好像偎依妈妈一般，早晨小狗大约感到太寒。

小饭馆渐渐有人来往。一堆白热的馒头从窗口堆出。

"老婶娘，我新从乡下来，……我跟你去，去赚几个钱吧！"

第二次，金枝成功了，那个婆子领她走，一些搅扰的街道，发出浊气的街道，她们走过，金枝好像才明白，这里不是乡间了，这里只是生疏、隔膜、无情感。一路除了饭馆门前的鸡、鱼和香味，其余她都没有看见似的，都没有听闻似的。

"你就这样把袜子缝起来。"

在一个挂金牌的"鸦片专卖所"的门前，金枝打开小包，用剪刀剪了块布角，缝补不认识的男人的破袜。那婆子又在教她：

"你要快缝，不管好坏，缝住，就算。"

金枝一点力量也没有，好像愿意赶快死似的，无论怎样努力眼睛也不能张开。一部汽车擦着她的身边驶过，跟着警察来了，指挥她说：

"到那边去！这里也是你们缝穷的地方？"

金枝忙仰头说："老总，我刚从乡下来，还不懂得规矩。"

在乡下叫惯了老总，她叫警察也是老总，因为她看警察也是庄严的样子，也是腰间佩枪。别人都笑她，那个警察也笑了。老缝婆又教说她：

"不要理他，也不必说话，他说你，你躲后一步就完。"

她，金枝立刻觉得自己发羞，看一看自己的衣裳也不和别人同样，她立刻讨厌从乡下带来的破罐子，用脚踢了罐子一下。

袜子补完，肚子空虚的滋味不见终止，假若得法，她要到无论什么地方去偷一点东西吃，很长时间她停住针，细看那个立在街头吃饼干的孩子，一直到孩子把饼干的最末一块送进嘴去，她仍在看。

"你快缝，缝完吃午饭，……可是你吃了早饭没有？"

金枝感到过于亲热，好像要哭出来似的，她想说：

"从昨天就没吃一点东西，连水也没喝过。"

中午来到，她们和从"鸦片馆"出来那些游魂似的人们同行着。女工店有一种特别不流通的气息，使金枝想到这又不是乡村，但是那一些停滞的眼睛，黄色脸，直到吃过饭，大家用水盆洗脸时她才注意到，全屋五丈多长，没有隔壁，墙的四周涂满了臭虫血，满墙拖长着黑色紫色的血点。一些污秽发酵的包袱围墙堆集着。这些多样的女人，好像每个患着病似的，就在包袱上枕了头讲话。

"我那家子的太太，待我不错，吃饭都是一样吃，哪怕吃包子我也一样吃包子。"

别人跟住声音去羡慕她。过了一阵又是谁说她被公馆里的听差扭一下嘴巴。她说她气病了一场，接着还是不断的乱说。这一些烦烦乱乱的话金枝尚不能听明白，她正在细想什么叫公馆呢？什么是太太？她用遍了思想而后问一个身边在吸烟的剪发的妇人：

"'太太'不就是老太太吗？"

那个妇人没答她，丢下烟袋就去呕吐。她说吃饭吃了苍蝇。可是全屋通长的板炕，那一些城市的女人，她们笑得使金枝生厌，她们是前仆后折的笑。她们为着笑这个乡下女人彼此兴奋得拍响着肩膀，笑得甚的竟流起眼泪来。金枝却静静坐在一边。等夜晚睡觉时，她向初识那个老太太说：

"我看哈尔滨倒不如乡下好，乡下姐妹很和气，你看午间她们笑我拍着掌哩！"

说着她卷紧一点包袱，因为包袱里面藏着赚得的两角钱纸票，金枝枕了包袱，在都市里的臭虫堆中开始睡觉。

金枝赚钱赚得很多了！在裤腰间缝了一个小口袋，把两元钱的票子放进去，而后缝住袋口。女工店向她收费用时她同那人说：

"晚几天给不行吗？我还没赚到钱。"她无法又说：

"晚上给吧！我是新从乡下来的。"

终于那个人不走，她用手摆在金枝眼下。女人们也越集越多，把金枝围起来。她好像在耍把戏一般招来这许多观众，其中有一个三十多岁的胖子，头发完全脱掉，粉红色闪光的头皮，独超出人前，她的脖子装好颤丝一般，使闪光的头颅轻便而随意的在转，在颤，她就向金枝说：

"你快给人家！怎么你没有钱？你把钱放在什么地方我都知道。"

金枝生气，当着大众把口袋撕开，她的票子四分之三觉得是损失了！被人夺走了！她只剩五角钱。她想：

"五角钱怎样送给妈妈？两元要多少日子再赚得？"

她到街上去上工很晚。晚间一些臭虫被打破，发出袭人的臭味，金枝坐起来全身搔痒，直到搔出血来为止。

楼上她听着两个女人骂架，后来又听见女人哭，孩子也哭。

母亲病好了没有？母亲自己拾柴烧吗？下雨房子流水吗？渐渐想得恶化起来：她若死了不就是自己死在炕上无人知道吗？

金枝正在走路，脚踏车响着铃子驶过她，立刻心脏膨胀起来，好像汽车要轧上身体，她终止一切幻想了。

金枝知道怎样赚钱，她去过几次独身汉的房舍，她替人缝被，男人们问她：

"你丈夫多大岁数咧？"

"死啦！"

"你多大岁数？"

"二十七。"

一个男人拖着拖鞋，散着裤口，用他奇怪的眼睛向金枝扫了一下，奇怪的嘴唇跳动着：

"年青青的小寡妇哩！"

她不懂不在意这个，缝完，带了钱走了。有一次走出门时有人喊她：

"你回来……你回来。"

给人以奇怪感觉的急切的呼叫，金枝也懂得应该快走，不该回头。晚间睡下时，她向身边的周大娘说：

"为什么缝完，拿钱走时他们叫我？"

周大娘说："你拿人家多少钱？"

"缝一个被子，给我五角钱。"

"怪不得他们叫你！不然为什么给你那么多钱？普通一张被两角。"

周大娘在倦乏之中只告诉她一句。

"缝穷婆谁也逃不了他们的手。"

那个全秃的亮头皮的妇人在对面的长炕上类似尖巧的呼叫，她一面走到金枝头顶，好像要去抽拔金枝的头发。弄着她的胖手指：

"唉呀！我说小寡妇，你的好运气来了！那是又来财又开心。"

别人被吵醒开始骂那个秃头：

"你该死的，有本领的野兽，一百个男人也不怕，一百个男人你也不够。"

女人骂着，彼此在交谈，有人在大笑，不知谁在一边重复了好几遍：

"还怕！一百个男人还不够哩！"

好像闹着的蜂群静了下去，女人们一点嗡声也停住了，她们全体到梦中去。

"还怕！一百个男人还不够哩！"不知道，她的声音没有人接受，空洞的在屋中走了一周，最后声音消灭在白月的窗纸上。

金枝站在一家俄国点心铺的纱窗外。里面格子上各式各样的油黄色的点心，肠子、猪腿、小鸡，这些吃的东西，在那里发出油亮。最后她发现一个整个的肥胖小猪，竖起耳朵伏在一个长盘里。小猪四周摆了一些小白菜和红辣椒。她要立刻上去连盘子都抱住，抱回家去快给母亲看。不能那样做，她又恨小日本子，若不是小日本子搅闹乡村，自家的母猪不是早生了小猪吗？"布包"在肘间渐渐脱落，她不自觉的在铺门前站不安定，行人道上人多起来，她碰撞着行人。一个漂亮的俄国女人从点心铺出来，金枝连忙注意到她透孔的鞋子下面染红的脚趾甲；女人走得很快，比男人还快，使她不能再看。

人行道上：克——克——的大声，大队的人经过，金枝一看见铜帽子就知道是日本兵，日本兵使她离开点心铺快快跑走。

她遇到周大娘向她说：

"一点活计也没有，我穿这一件短衫，再没有替换的，连买几尺布钱也攒不下，十天一交费用，那就是一块五角。又老，眼睛又花，缝的也慢，从没人领我到家里去缝。一个月的饭钱还是欠着，我住得年头多了！若是新来，那就非被赶出去不可。"她走一条横道又说："新来的一个张婆，她有病都被赶走了。"

经过肉铺，金枝对肉铺也很留恋，她想买一斤肉回家也满足。母亲半年多没尝过肉味。

松花江，江水不住的流，早晨还没有游人，舟子在江沿无聊的彼此骂笑。

周大娘坐在江边。怅然了一刻，接着擦她的眼睛，眼泪是为着她末日的命运在流。江水轻轻拍着江岸。

金枝没被感动，因为她刚来到都市，她还不晓得都市。

金枝为着钱，为着生活，她小心的跟了一个独身汉去到他的房舍。刚踏进门，金枝看见那张床，就害怕，她不坐在床沿，坐在椅子上先缝被褥。那个男人开始慢慢和她说话，每一句话使她心跳。可是没有什么，金枝觉得那人很同情她。接着就缝一件夹衣的袖口，夹衣是从那个人身上立刻脱下的，等到袖口缝完时，那男人从腰带间一个小口袋取出一元钱给她，那男人一面把钱送过去，一面用他短胡子的嘴向金枝扭了一下，他说：

"寡妇有谁可怜你？"

金枝是乡下女人，她还看不清那人是假意同情，她轻轻受了"可怜"字眼的感动，她心有些波荡，停在门口，想说一句感谢的话，但是她不懂说什么，终于走了！她听道旁大水壶的笛子在耳边叫，面包作坊门前取面包的车子停在道边，俄国老太太花红的头巾驰过她。

"嗳！回来……你来，还有衣裳要缝。"

那个男人涨红了脖子追在后面。等来到房中，没有事可做，那个男人像猿猴一般，袒露出多毛的胸膛，去用厚手掌闩门去了！而后他开始解他的裤子，最后他叫金枝：

"快来呀……小宝贝。"他看一看金枝吓住了，没动："我叫你是缝裤子，你怕什么？"

缝完了，那人给她一元票，可是不把票子放到她的手里，把票子摔到床底，让她弯腰去取，又当她取得票子时夺过来让她再取一次。

金枝完全摆在男人怀中，她不是正音嘶叫：

"对不起娘呀！……对不起娘……"

她无助的嘶狂着，圆眼睛望一望锁住的门不能自开，她不能逃走，事情必然要发生。

女工店吃过晚饭，金枝好像踏着泪痕行走，她的头过分的迷昏，心脏落进污水沟中似的，她的腿骨软了，松懈了，爬上炕取她的旧鞋，和一条手巾，她要回乡，马上躺到娘身上去哭。

炕尾一个病婆，垂死时被店主赶走，她们停下那件事不去议论，金枝把她们的趣味都集中来。

"什么勾当？这样着急？"第一个是周大娘问她。

"她一定进财了！"第二个是秃头胖子猜说。

周大娘也一定知道金枝赚到钱了，因为每个新来的第一次"赚钱"都是过分的羞恨。羞恨摧毁她，忽然患着传染病一般。

"惯了就好了！那怕什么！弄钱是真的，我连金耳环都赚到手里。"

秃胖子用好心劝她，并且手在扯着耳朵。别人骂她：

"不要脸,一天就是你不要脸!"

旁边那些女人看见金枝的痛苦,就是自己的痛苦,人们慢慢四散,去睡觉了,对于这件事情并不表示新奇和注意。

金枝勇敢的走进都市,羞恨又把她赶回了乡村,在村头的大树上发现人头。一种感觉通过骨髓麻寒她全身的皮肤,那是怎样可怕血浸的人头!

母亲拿着金枝的一元票子,她的牙齿在嘴里埋没不住,完全外露。她一面细看票子上的花纹,一面快乐有点不能自制的说:

"来家住一夜明日就走吧!"

金枝在炕沿捶打酸痛的腿骨;母亲不注意女儿为什么不欢喜,她只跟了一张票子想到另一张,在她想许多票子不都可以到手吗?她必须鼓励女儿。

"你应该洗洗衣裳收拾一下,明天一早必得要行路的,在村子里是没有出头露面之日。"

为了心切她好像责备着女儿一般,简直对于女儿没热情。

一扇窗子立刻打开,拿着枪的黑脸孔的人竟跳进来,踏了金枝的左腿一下。那个黑人向棚顶望了望,他熟习的爬向棚顶去,王婆也跟着走来,她多日不见金枝而没说一句话,宛如她什么也看不见似的。一直爬上棚顶去。金枝和母亲什么也不晓得,只是爬上去。直到黄昏恶消息仍没传来,他们和爬虫样才从棚顶爬下。王婆说:"哈尔滨一定比乡下好,你再去就在那里不要回来,村子里日本子越来越恶,他们捉大肚女人,破开肚子去破'红枪会'(义勇军的一种),活鲜鲜的小孩子从肚皮流出来。

为这事，李青山把两个日本子的脑袋割下挂到树上。"

金枝鼻子作出哼声：

"从前恨男人，现在恨小日本子。"最后她转到伤心的路上去："我恨中国人呢？除外我什么也不恨。"

王婆的学识有点不如金枝了。

十五、失败的黄色药包

开拔的队伍在南山道转弯时，孩子在母亲怀中向父亲送别。行过大树道，人们滑过河边。他们的衣装和步伐看起来不像一个队伍，但衣服下藏着猛壮的心。这些心把他们带走，他们的心铜一般凝结着出发。最末一刻大山坡还未曾遮没最后的一个人，一个抱在妈妈怀中的小孩他呼叫"爹爹"。孩子的呼叫什么也没得到，父亲连手臂也没摇动一下，孩子好像把声响撞到了岩石。

女人们一进家屋，屋子好像空了；房屋好像修造在天空，素白的阳光在窗上，却不带来一点意义。她们不需要男人回来，只需要好消息。消息来时，是五天过后，老赵三赤着他显露筋骨的脚奔向李二婶子去告诉：

"听说青山他们被打散啦！"显然赵三是手足无措，他的胡子也震惊起来，似乎忙着要从他的嘴巴跳下。

"真的有人回来了吗？"

李二婶子的喉咙变做细长的管道，使声音出来做出多角形。

"真的平儿回来啦。"赵三说。

严重的夜，从天上走下。日本兵围剿打鱼村，白旗屯和三家子……

平儿正在王寡妇家，他休息在情妇的心怀中。外面狗叫，听到日本人说话，平儿越墙逃走；他埋进一片蒿草中，蛤蟆在脚间跳。

"非拿住这小子不可，怕是他们和义勇军接连。"

在蒿草中他听清这是谁们在说："走狗们。"

平儿他听清他的情妇被拷打：

"男人哪里去啦？——快说，再不说枪毙！"

他们不住骂："你们这些母狗，猪养的。"

平儿完全赤身，他走了很远。他去扯衣襟拭汗，衣襟没有了，在腿上扒了一下，于是才发现自己的身影落在地面和光身的孩子一般。

二里半的麻婆子被杀，罗圈腿被杀，死了两个人，村中安息两天。第三天又是要死人的日子。日本兵满村窜走，平儿到金枝家棚顶去过夜。金枝说：

"不行呀！棚顶方才也来小鬼子翻过。"

平儿于是在田间跑着，枪弹不住向他放射，平儿的眼睛不会转弯，他听有人近处叫："拿活的，拿活的。……"

他错觉的听到了一切，他遇见一扇门推进去，一个老头在烧饭，平儿快流眼泪了：

"老伯伯，救命，把我藏起来吧！快救命吧！"

老头子说："什么事？"

"日本子捉我。"

平儿鼻子流血，好像他说到日本子才流血。他向全屋四面张望，就像连一条缝也没寻到似的，他转身要跑，老人捉住，出了后门，盛粪的长形的笼子在门旁，掀起粪笼老人说：

"你就爬进去，轻轻喘气。"

老人用粥饭涂上纸条把后门封起来，他到锅边吃饭。粪笼下的平儿听见来人和老人讲话，接着他便听到有人在弄门闩，门就要开了，自己就要被捉了！他想要从笼子跳出来。但，很快那些人，那些魔鬼去了！

平儿从安全的粪笼出来，满脸粪屑，白脸染着红血条，鼻子仍然流血，他的样子已经很可怜。

李青山这次他信任"革命军"有用，逃回村来，他不同别人一样带回衰丧的样子，他在王婆家说：

"革命军所好是他不混乱干事，他们有纪律，这回我算相信，红胡子算完蛋，自己纷争，乱撞胡撞。"

这次听众很少，人们不相信青山。村人天生容易失望，每个人容易失望。每个人觉得完了！只有老赵三，他不失望，他说：

"那么再组织起来去当革命军吧！"

王婆觉得赵三说话和孩子一般可笑。但是她没笑他。她对身边坐着戴男人帽子的当过胡子救过国的女英雄说：

"死的就丢下，那么受伤的怎么样了？"

"受微伤的不都回来了吗！受重伤那就管不了，死就是啦！"

正这时北村一个老婆婆疯了似的哭着跑来和李青山拼命。她捧住头，像捧住一块石头般地投向墙壁，嘴中发出短句：

"李青山。……仇人……我的儿子让你领走去丧命。"

人们拉开她，她奋力挣扎，比一条疯牛更有力：

"就这样不行，你把我给小日本子送去吧！我要死，……到应死的时候了！……"

她就这样不住的捉她的头发，慢慢她倒下来，她换不上气来，她轻轻拍着王婆的膝盖：

"老姐姐，你也许知道我的心，十九岁守寡，守了几十年，守这个儿子；……我那些挨饿的日子呀！我跟孩子到山坡去割毛草，大雨来了，雨从山坡把娘儿两个拍滚下来，我的头，在我想是碎了，谁知道？还没死……早死早完事。"

她的眼泪一阵湿热湿透王婆的膝盖。她开始轻轻哭：

"你说我还守什么？……我死了吧！有日本子等着，菱花那丫头也长不大，死了吧！"

果然死了，房梁上吊死的。三岁孩子菱花小脖颈和祖母并排悬着，高挂起正像两条瘦鱼。

死亡率在村中又在开始快速，但是人们不怎样觉察，患着传染病一般地全村又在昏迷中挣扎。

"爱国军"从三家子经过，张着黄色旗，旗上有红字"爱国军"。人们有的跟着去了！他们不知道怎么爱国，爱国又有什么用处，只是他们没有饭吃啊！

李青山不去，他说那也是胡子编成的。老赵三为着"爱国军"和儿子吵架：

"我看你是应该去，在家里若是传出风声去有人捉拿你。跟去混混，到最末就是杀死一个日本鬼子也上算，也出出气。年青气壮，出一口气也是好的。"

老赵三一点见识也没有，他这样盲动的说话使儿子不佩服，平儿同爹爹讲话总是把眼睛绕着圈子斜视一下，或是不调协的抖一两下肩头，这样对待他，他非常不愿意接受，有时老赵三自己想：

"老赵三怎不是个小赵三呢！"

十六、尼姑

金枝要做尼姑去。

尼姑庵红砖房子就在山尾那端。她去开门没能开，成群的麻雀在院心啄食，石阶生满绿色的苔藓，她问一个邻妇，邻妇说：

"尼姑在事变以后，就不见，听说跟造房子的木匠跑走的。"

从铁门栏看进去，房子还未上好窗子，一些长短的木块尚在院心，显然可以看见正房里，凄凉的小泥佛在坐着。

金枝看见那个女人肚子大起来，金枝告诉她说：

"这样大的肚子你还敢出来？你没听说小日本子把大肚女人弄去破'红枪会'吗？日本子把女人肚子割开，去带着上阵，他们说红枪会什么也不怕，就怕女人；日本子叫'红枪会'做'铁孩子'呢！"

那个女人立刻哭起来。

"我说不嫁出去，妈妈不许，她说日本子就要姑娘，看看，这回怎么办？孩子的爹爹走就没见回来，他是去当'义勇军'。"

有人从庙后爬出来，金枝她们吓着跑。

"你们见了鬼吗？我是鬼吗？……"

往日美丽的年青的小伙子，和死蛇一般爬回来。五姑姑出来看见自己的男人，她想到往日受伤的马，五姑姑问他："'义勇军'全散了吗？"

"全散啦！全死啦！就连我也死啦！"他用一只胳膊打着草梢轮回：

"养汉老婆，我弄得这个样子，你就一句亲热的话也没有吗？"

五姑姑垂下头，和睡了的向日葵花一般。大肚子的女人回家去了！金枝又走向哪里去？她想出家庙庵早已空了！

十七、不健全的腿

“‘人民革命军’在哪里？”二里半突然问起赵三说。这使赵三想：“二里半当了走狗吧？”他没对他告诉。二里半又去问青山。青山说：

“你不要问，再等几天跟着我走好了！”

二里半急迫着好像他就要跑到革命军去。青山长声告诉他：

“革命军在磐石，你去得了吗？我看你一点胆量也没有，杀一只羊都不能够。”接着他故意羞辱他似的：

“你的山羊还好啊？”

二里半为着生气，他的白眼球立刻多过黑眼球，他的热情立刻在心里结成冰。李青山不与他再多说一句，望向窗外天边的树，小声摇着头，他唱起小调来。二里半临出门，青山的女人流汗在厨房向他说：

“李大叔，吃了饭走吧！”

青山看到二里半可怜的样子，他笑说：

"回家做什么，老婆也没有了，吃了饭再说吧！"

他自己没有了家庭，他贪恋别人的家庭。当他拾起筷子时，很快一碗麦饭吃下去了，接连他又吃两大碗，别人还不吃完，他已经在抽烟了！他一点汤也没喝，只吃了饭就去抽烟。

"喝些汤，白菜汤很好。"

"不喝，老婆死了三天，三天没吃干饭哩！"二里半摇着头。

青山忙问："你的山羊吃了干饭没有？"

二里半吃饱饭，好像一切都有希望。他没生气，照例自己笑起来。他感到满意离开青山家，在小道不断的抽他的烟火，天色茫茫的并不引起他悲哀，蛤蟆在小河道一声声的哇叫。河边的小树随了风在骚闹，他踏着往日自己的菜田，他振动着往日的心波。菜田连棵菜也不生长。

那边的人家老太太和小孩们载起暮色来在田上匍匐。他们相遇在地端，二里半说：

"你们在掘地吗？地下可有宝物？若有我也蹲下掘吧！"

一个很小的孩子发出脆声："拾麦穗呀！"孩子似乎是快乐，老祖母在那边已叹息了：

"有宝物？……我的老天爷？孩子饿得乱叫，领他们来拾几粒麦穗，回家给他们做干粮吃。"二里半把烟袋给老太太吸，她拿过烟袋，连擦都没有擦，就放进嘴里去。显然她是熟习吸烟，并且十分需要。她把肩膀抬得高高，她紧合了眼睛，浓烟不住从嘴冒出，从鼻孔冒出。那样很危险，好像她的鼻子快要着火。

"一个月也多了，没得摸到烟袋。"

她像仍不愿意舍弃烟袋，理智勉强了她。二里半接过去把烟袋在地面敲着。

人间已是那般寂寞了，天边的红霞没有鸟儿翻飞，人家的篱墙没有狗儿吠叫。

老太太从腰间慢慢取出一个纸团，纸团慢慢在手下舒展开，而后又折平。

"你回家去看看吧！老婆、孩子都死了！谁能救你，你回家去看看吧！看看就明白啦！"

她指点那张纸，好似指点符咒似的。

天更黑了！黑得和帐幕紧逼住人脸。最小的孩子，走几步，就抱住祖母的大腿，他不住的嚷着：

"奶奶，我的筐满了，我提不动呀！"

祖母为他提筐，拉着他。那几个大一些的孩子卫队似的跑在前面。到家，祖母点灯看时，满筐蒿草，蒿草从筐沿要流出来，而没有麦穗。祖母打着孩子的头笑了：

"这都是你拾的麦穗吗？"祖母把笑脸转换哀伤的脸，她想："孩子还不能认识麦穗，难为了孩子！"

五月节，虽然是夏天，却像吹起秋风来。二里半熄了灯，雄壮着从屋檐出现，他提起切菜刀，在墙角，在羊棚，就是院外扬树下，他也搜遍。他要使自己无牵无挂，好像非立刻杀死老羊不可。

这是二里半临行的前夜。

老羊呜叫着回来，胡子间挂了野草，在栏栅处擦得栏栅响。

二里半手中的刀，举得比头还高，他朝向栏杆走去。

菜刀飞出去，喳啦的砍倒了小树。

老羊走过来，在他的腿间搔痒。二里半许久许久的摸抚羊头，他十分羞愧，好像耶稣教徒一般向羊祷告。

清早他像对羊说话，在羊棚喃喃了一阵，关好羊栏，羊在栏中吃草。

五月节，晴明的蓝空。老赵三看这不像个五月节样：麦子没长起来，嗅不到麦香，家家门前没挂纸葫芦。他想这一切是变了！变得这样速！去年的五月节，清清明明的，就在眼前似的，孩子们不是捕蝴蝶吗？他不是喝酒吗？

他坐在门前一棵倒折的树干上，凭吊这已失去的一切。

李青山的身子经过他，他扮成"小工"模样，赤足卷起裤口，他说给赵三：

"我走了！城里有人候着，我就要去……"

青山没提到五月节。

二里半远远跛脚奔来，他青色马一样的脸孔，好像带着笑容。他说：

"你在这里坐着，我看你快要朽在这根木头上……"

二里半回头看时，被关在栏中的老羊，居然随在身后，立刻他的脸更拖长起来：

"这条老羊……替我养着吧！赵三哥！你活一天替我养一天吧！……"

二里半的手，在羊毛上惜别，他流泪的手，最后一刻摸着羊毛。

　　他快走，跟上前面李青山去。身后老羊不住哀叫，羊的胡子慢慢在摆动……

　　二里半不健全的腿颠跛着颠跛着，远了！模糊了！山岗和树林，渐去渐遥。羊声在遥远处伴着老赵三茫然的嘶鸣。

　　　　　　　　　　　　　　一九三四年九月九日。